D1730856

JE SUIS LE TIGRE
SUR TES ÉPAULES

Titre original :
Der Tiger auf deiner Schulter
© Schöffling & Co. Verlagsbuchhandlung GmbH,
Francfort, 1998

© ACTES SUD, 2004
pour la traduction française
ISBN 2-7427-6116-0

Photographie de couverture :
© Ambroise Tézenas

GÜNTER OHNEMUS

JE SUIS LE TIGRE SUR TES ÉPAULES

roman traduit de l'allemand
par Isabelle Liber

à Michael Fritz
(1956-1997)

Le beau et grand bouton, joliment posé au bas de la manche d'une robe de jeune fille. La robe aussi est joliment portée, flottante sur des bottines américaines. Il est bien rare que je réussisse à faire quelque chose de beau, mais ce bouton insignifiant et sa couturière ignorante y parviennent.

FRANZ KAFKA,
Journal, 27 septembre 1911.

*Yonder comes a truck from the US Mail
People are writing letters back home
Tomorrow you'll probably want me back
But I still will be just as gone.*

*Is Anybody Going to San Antone
(Or Phoenix, Arizona) ?*

I

Evidemment, Karen, je la connaissais déjà avant cette nuit insensée, cette nuit de mars où les cinq skinheads nous ont agressés. Elle aussi est en seconde et, depuis le mois de septembre, je la croisais sûrement chaque jour au lycée, plusieurs fois par jour. Et, de temps en temps, au supermarché ou dans la rue. Mais on ne s'était jamais parlé. On était tous les deux nouveaux, au lycée. Karen vient d'emménager ici et, moi, j'ai passé un an aux Etats-Unis. A Williamsburg, Californie. Normalement, je devrais déjà être en première, mais comme je ne suis pas très bon élève ils me font refaire la seconde alors que je l'ai déjà faite aux Etats-Unis. Je trouve ça assez minable. J'avais calculé qu'en passant une année aux Etats-Unis je sauterais la dernière année de français, mais ça n'a pas marché. Je déteste le français et maintenant il faut que je me farcisse encore la seconde pendant que Tom et tous les autres sont en première. Je suis allé voir notre proviseur et je lui ai demandé s'il pensait vraiment que la langue française allait se porter mieux si je m'acharnais encore un an sur elle, mais il n'a aucun humour. C'est vraiment un mauvais plan de refaire cette année. La plupart des profs du lycée auraient sûrement été ravis que je ne revienne jamais. J'ai plutôt mauvaise réputation, ici.

Avant cette nuit de mars, je n'avais pas remarqué Karen plus que ça, même si elle fait partie de ces gens que tout le monde remarque. C'est le genre de fille qu'on a envie de regarder sans cesse. Je veux dire, quand on discute avec elle et qu'on la regarde, on voudrait que ça ne s'arrête jamais. Mais avant cette nuit où les skinheads nous ont agressés je ne le savais pas. Dans ma tête et partout ailleurs, il n'y avait de place que pour Tiffany, qui n'habite plus à Williamsburg maintenant, mais quelque part dans l'Est du Massachusetts où elle fait des études à la Harvard Business School et sort sûrement tous les samedis soir, accompagnée de petits prétentieux avec qui elle parle d'économie et des cours de la Bourse, tandis que les types malaxent leurs capotes dans la poche de leur veste jusqu'à ce qu'elles finissent par fondre et puer comme une usine de caoutchouc. La Harvard Business School est certainement le meilleur *college* au monde, à condition de vouloir passer le reste de sa vie à parler économie avec des types pareils et d'avoir des parents capables de débourser chaque année dans les quarante mille dollars pour ce genre d'études, juste pour que leurs enfants deviennent à leur tour des parents qui pourront envoyer leurs enfants faire dans le Massachusetts des études à quarante mille dollars l'année. Mais les parents de Tiffany sont sacrément riches. Sa mère spécule en Bourse et son père construit des stations d'épuration en Californie. D'ailleurs, leur piscine est à peu près aussi grande qu'une station d'épuration.

Je ne pouvais pas voir Karen parce que Tiffany était là. Partout. Cette nuit-là, en mars, si je n'étais pas rentré avec Karen et si ces cinq skinheads ne nous avaient pas agressés, tout se serait sans doute passé autrement, et j'en serais toujours aujourd'hui à envoyer une lettre au Massachusetts toutes les deux semaines et à ne pas recevoir de réponse. Ces skinheads ne se doutent sûrement pas de ce qu'ils ont provoqué.

Karen et moi, on était tous les deux invités à cette soirée, assez loin au nord de Munich : presque tous les élèves de seconde s'y étaient retrouvés et un groupe noir qui venait du Mississippi a chanté quelques morceaux du tonnerre. Il y en avait un qui avait écrit une chanson absolument démente, *Mississippi Burning*, qui durait quinze ou dix-sept minutes : une vraie révolution. C'était une chanson pleine de haine et en même temps très triste, et par moments complètement dingue. C'est vraiment bizarre – il y a des chansons qui vous enflamment et vous rendent furieux alors que, personnellement, vous n'avez aucune raison de vous enflammer et d'être furieux. Vous allez à une soirée quelconque, où se trouvent aussi presque tous les élèves de seconde, et, tout d'un coup, vous voilà en pleine révolution. Pendant cette chanson, il y a eu des moments où j'aurais bien voulu assassiner tous les Blancs. Pour finir, ils ont encore chanté *Those Three Are on My Mind* et tout le monde a chanté avec eux. Enfin, pas tout le monde. Seulement ceux qui connaissaient la chanson et ça ne fait pas tant que ça. De toute façon, dans notre lycée, ils sont presque tous sourds. J'ai lu récemment que la techno, les walkmans et tous ces trucs-là font qu'un quart des gens âgés de seize à vingt-quatre ans ne comprennent plus grand-chose, acoustiquement parlant, du monde qui les entoure. Ils entendent à peu près comme des gens de soixante-quinze ans.

Je ne sais pas où et comment cela a été mesuré. En tout cas, pas dans notre lycée. Dans notre lycée, il y a au moins soixante-quinze pour cent d'élèves sourds et chez les profs on arrive sans doute à quatre-vingt-dix pour cent. Et ce n'est pas seulement acoustiquement parlant qu'ils ne comprennent plus rien. Dans la majorité des cas, ce ne sont pas les décibels élevés qui les ont rendus sourds. Quand j'entends *Those Three Are on My Mind*, chaque fois, j'ai presque envie de pleurer. C'est l'histoire de trois personnes qui font partie du mouvement en faveur des droits civiques, trois étudiants qui ont été assassinés dans les années 1960, dans le Mississippi. C'était vraiment bizarre : quand le groupe a chanté l'histoire des trois étudiants assassinés, dehors, tout le monde était calme, même les soixante-quinze pour cent d'imbéciles durs de la feuille. C'était presque comme s'ils avaient eu envie de pleurer eux aussi.

J'avais pris la voiture de ma mère parce que j'étais déjà en retard. Comme j'ai appris à conduire aux Etats-Unis quand j'avais seize ans, j'ai un permis de conduire américain et j'ai le droit de conduire ici aussi, même si je n'ai que dix-sept ans. Avant de quitter la soirée, j'ai discuté avec l'un des chanteurs noirs et, un peu avant minuit, j'ai demandé si je pouvais ramener quelqu'un à Munich. Karen a regardé dans ma direction et a dit : "Oui." C'était le premier mot qu'elle m'ait adressé au XXe siècle. Je ne l'oublierai jamais. D'ailleurs, il n'est pas très difficile de s'en souvenir. Malheureusement, Christopher voulait aussi que je le ramène. Christopher est l'un de ces emmerdeurs dans ma classe qui sentent toujours un peu l'urine. Enfin, évidemment, ils ne sentent pas vraiment l'urine, vu qu'ils s'enveloppent toujours dans des nuages de parfum, Karl Lagerfeld ou Davidoff. C'est juste qu'ils sont tellement répugnants qu'on le sent déjà. Quand on se retrouve à pisser à côté d'eux, dans les toilettes du lycée, il faut toujours qu'ils fassent une remarque mielleuse ou alors, quand on leur demande s'ils ont l'heure, ils répondent invariablement "Oui", avec la tête de quelqu'un qui jamais ne rirait de sa propre blague. Je ne peux pas supporter ça. Je ris *toujours* des blagues que je fais. Je suis chaque fois tout étonné de ce qui se passe dans ma tête et ravi d'avoir eu une bonne idée. Quand les gens ne rient pas de leurs propres blagues, on a l'impression qu'ils avaient fixé leur conduite à l'avance. Comme s'ils avaient répété.

Christopher dit *toujours* "Oui" quand on lui demande s'il a l'heure. Il trouve cela terriblement drôle. Il ne donne jamais l'heure à personne. Il ne peut pas faire autrement.

Evidemment, Christopher a pris place à côté de moi sur le siège passager, si bien que Karen a dû s'asseoir derrière. Voilà sans doute encore une chose que Christopher s'est fixée une fois pour toutes : il s'assoit au volant ou, à la rigueur, sur le siège passager. Le reste, c'est bon pour les enfants et les nanas.

"Au fait, lui ai-je dit, tu as vu cette photo dans le journal, avec les trois Arabes dans un gigantesque cabriolet américain ?

— Ben non", a dit Christopher.

Christopher est un véritable analphabète. Il ne regarde même pas les *photos* dans le journal. Parfois, je m'étonne même qu'il sache seulement *parler*.

"Ils étaient tous les trois assis *à l'avant* de cette bagnole, tous habillés en blanc, et à l'arrière il y avait six ou sept femmes voilées.

— Bonjour le tableau", a lancé Karen depuis le siège arrière.

Christopher n'a rien dit du tout. Il peut *parfois* parler, mais pas toujours.

On était déjà sur la route nationale quand Christopher s'est rendu compte qu'il voulait retourner à la fête. Un autre jour, je l'aurais tout simplement laissé sur le bord de la route, mais cette nuit-là j'étais bien content d'en être débarrassé. Il y a des gens comme ça, on ne peut pas rester assis en voiture à côté d'eux plus de trois minutes sans se fâcher. Au-delà, c'est déjà la guerre. Alors on l'a ramené à la fête.

Quelques minutes plus tard, on roulait à nouveau sur la route nationale et Karen a demandé : "Dis-moi, ce n'est pas Christopher qui a mis le feu aux toilettes du deuxième étage, il y a deux ans ?

— Si, ai-je dit. Il est pyromane. Et encore, c'est son trait de caractère le plus sympathique."

Karen a ri. Elle était assise à côté de moi et, pour la première fois, elle a ri de ce rire étrange et sombre. Marron foncé, infiniment léger.

"Il sent la pisse et il faut toujours qu'il mette le feu aux toilettes, ai-je dit. Chez eux, il y a sûrement des toilettes de secours à la cave. Ou même un abri antiatomique, tant qu'on y est."

Ensuite, on n'a plus rien dit pendant un moment et quand on a pris l'autoroute Karen a demandé si j'étais déjà allé au Mississippi, et on a parlé du concert et des Noirs en Amérique. Comme je m'y connais un peu, j'ai raconté à Karen que dans les années 1950, quand ils étaient en tournée, les chanteurs noirs n'avaient pas le droit d'utiliser les toilettes des stations-services. Et qu'ils n'avaient pas non plus le droit de pisser sur le bord des routes. Je ne sais pas comment j'en suis arrivé à raconter justement cette histoire-là. Sans doute à cause de Christopher.

"Et ils n'avaient pas non plus le droit de pisser sur le bord des routes, ai-je dit. Ils auraient souillé la sainte terre d'Amérique.

— Ils faisaient comment, alors ?

— Eh ben, ai-je fait. Ils pissaient par la portière de la voiture tout en roulant.

— Oh là là", a dit Karen en fixant l'autoroute obscure.

Et puis elle a dit :

"Et les femmes, alors ? Comment faisaient les femmes ?

— Je n'en sais rien, ai-je dit. Peut-être qu'il n'y avait pas de femmes.

— N'importe quoi, a dit Karen. Et Ella Fitzgerald, alors ?

— Ma foi, ai-je fait, les femmes ne circulaient peut-être qu'en *train*.

— *Ah oui ?* a fait Karen. Et tu crois que là où on ne pouvait pas se rendre en train aucune femme n'allait chanter ? Ella Fitzgerald ne chante que là où passe le chemin de fer, c'est ça ?

— C'est une question qui mérite réflexion", ai-je dit.

C'est à peu près à ce moment-là que le moteur s'est mis à avoir des ratés. La voiture de ma mère est une voiture absolument formidable, une grosse Citroën CX bleu foncé, mais elle l'a déjà depuis un bout de temps. Elle a déjà fait plus de deux cent mille kilomètres avec cette voiture et j'ai tout de suite compris qu'il fallait qu'on quitte l'autoroute au plus vite. La sortie suivante, c'était la sortie pour l'aéroport.

J'ai garé la voiture sur le parking, et Karen a appelé ses parents et moi les miens. On leur a dit qu'on rentrait en métro et qu'on serait là entre une heure et deux heures du matin. Karen n'habite qu'à quelques pâtés de maisons de chez nous.

Dans le métro, on a parlé de musique, et puis d'hindouisme et de bouddhisme. Je ne sais plus comment on en est venus à parler de ça. Sans doute parce que Karen s'intéresse beaucoup au bouddhisme. "Les bouddhistes n'essaient pas de convertir les autres, a-t-elle dit. On n'est pas forcés de *se soumettre*.

— Intéressant, ai-je dit. Mais, la religion, ça ne me passionne pas vraiment."

On était assis face à face. Elle a hoché la tête.

Et comme je voulais l'agacer un peu j'ai dit : "D'ailleurs, je ne me souviens plus de ce que j'étais dans ma dernière incarnation, mais maintenant je suis joueur de tennis et j'ai l'intention d'aller loin."

Elle s'est tue pendant un moment, puis elle a dit : "C'était une remarque assez débile.

— C'est vrai, ai-je dit. Je ferais mieux de ne pas parler de religion : je suis définitivement athée.

— En fait, ça n'a rien à voir. Prends les hindous, par exemple : ils n'ont pas de croyance particulière. Peu importe que l'on croie en un dieu ou en plusieurs. On peut même être athée.

— Drôle de religion. Je veux dire, une religion pour athées – ça ne va vraiment pas du tout ensemble."

Elle a secoué la tête. "Même les athées ont droit à l'éternité", m'a-t-elle dit, là, dans le train. Elle était appuyée contre la fenêtre, les genoux remontés sous le menton, et cet étrange rire que j'avais déjà entendu avant, dans la voiture, est alors revenu. Ce rire très sombre. Marron foncé, infiniment léger. Je ne sais pas pour quelle raison, mais ça m'a fait penser à Tiffany. Tiffany aussi a les yeux marron. Mais elle a les yeux marron clair et Karen a les yeux marron foncé, parfois presque noirs. Et elle a la peau plutôt brune. Même là, pendant cette nuit de mars, dans la lumière grotesque des néons qui rendrait n'importe qui moche, livide et boutonneux, même là, elle avait la peau brune.

"Ce n'est pas si facile à comprendre, a-t-elle dit. Il faut vraiment le vouloir. Et on ne le veut vraiment que lorsqu'on en a besoin. On est tous les deux trop jeunes pour ça.

— A nous deux, on a quand même trente-quatre ans, ai-je dit. C'est déjà super vieux.

— Je vais te raconter une histoire", a dit Karen et elle m'a raconté l'histoire d'un moine qui, un jour, quelque part en Asie, était assis au bord d'un fleuve pour méditer, quand il vit venir à lui un jeune homme qui s'agenouilla et dit :

"Maître, je veux devenir ton élève."

Et le maître demanda :

"Pourquoi ?

— Parce que je veux trouver Dieu."

Le moine bondit, saisit le jeune homme à la nuque, le traîna jusqu'au fleuve et lui maintint longtemps la tête sous l'eau. Puis il relâcha le jeune homme et le tira hors du fleuve. Le jeune homme toussa et cracha toute l'eau qu'il avait avalée. Il avait bien pensé se noyer.

Quand le jeune homme eut repris ses esprits, le moine lui dit :

"Qu'as-tu désiré le plus tandis que je te maintenais sous l'eau ?

— De l'air, dit le jeune homme.

— Bien, dit le moine. Retourne d'où tu viens, et reviens quand tu désireras Dieu autant que tu désirais l'air, il y a un instant."

Je la trouve plutôt bien, cette histoire. Etonnante. Enfin, elle me paraît plutôt convaincante. Quelle chance, ai-je pensé, que Christopher ait voulu retourner à la soirée. S'il était rentré avec nous, Karen n'aurait jamais raconté cette histoire. Il n'y a aucun doute là-dessus.

On est descendus à l'arrêt Marienplatz et on a pris un autre métro pour rejoindre notre quartier. A la sortie de la station, quand on est arrivés dans la rue, l'air était encore doux pour une nuit de mars. Deux rues plus loin, on s'était arrêtés devant la vitrine d'une animalerie pour regarder les poissons d'aquarium, quand cinq skinheads ont surgi par la gauche et se sont avancés vers nous. Ils étaient plutôt silencieux et apathiques, mais quand ils nous ont vus il y a eu comme un déclic chez ces hommes de Neandertal. Ils venaient sûrement de passer l'une de ces soirées sinistres de skinheads, le genre de soirées qui vous donne un air gras et bête, et voilà que se présentait à eux quelque chose qui pouvait encore sauver cette soirée : une jolie fille.

Et moi. Forcément, à cinq, ils prenaient en s'avançant vers nous toute la largeur du trottoir ; j'essayais de paraître le plus détendu possible et en même temps je réfléchissais à ce que je pouvais faire. Mais quelle idée peut-on bien avoir en à peine quinze mètres de temps ?

Bien entendu, ils ont bloqué le trottoir et refusé de nous laisser passer, déversant un tas de menaces de skinheads, qui aboutissaient toutes à la conclusion qu'ils étaient cinq, et nous seulement deux – et encore, vu que les nanas comptaient pour du beurre. Ils crachaient leur blabla primitif comme s'ils avaient décidé de passer la nuit à nous prouver qu'ils disposaient d'un vocabulaire plutôt limité.

"Laissez-nous passer", ai-je dit. J'avais la bouche complètement sèche. J'aurais sans doute été incapable de lâcher plus que ces trois mots. Et je sentais que Karen avait peur aussi.

"Vous savez ce qui va vous arriver, maintenant ?" a dit le plus âgé des hommes de Neandertal. Il avait une tête de brute et un ventre comme un tonneau de bière. Je suis plutôt grand, un mètre quatre-vingt-douze, et plutôt doué en sport, et j'avais une furieuse envie de lui dire : "Si tu étais seul, je te ferais rouler tout le long de la rue comme un gros tonneau de bière", mais voilà, il n'était pas seul et, le plus souvent, les types dans son genre ont un couteau ou une chaîne à portée de la main.

Il me regardait. Il avait vraiment le regard d'un bœuf abruti, et il a dit : "A ton avis, quelle tête tu feras quand on aura fait mumuse avec toi ?"

Alors il s'est passé quelque chose d'étrange. Karen a fait un pas vers le bœuf et lui a donné une petite tape sur le ventre. C'était presque une tape affectueuse, comme quand on donne une tape sur un tonneau de bière. Amicalement. Le skinhead était complètement dérouté. Cette petite tape n'entrait pas dans son système. Et puis elle lui a dit : "A ton avis, quelle tête vous ferez au bout de cinquante mètres, si on part en courant ?"

Il n'a pas compris ce qu'elle lui avait demandé. Il n'avait même pas encore digéré la petite tape que Karen m'attrapait par la main, et on est partis en courant. Aussi vite qu'on pouvait. Les cinq skinheads faisaient déjà une sale tête au bout de vingt mètres, et au bout de trente mètres ils ont laissé tomber, mais on a continué à courir. De temps en temps, on se retournait et on courait à reculons et on riait, et puis on se remettait à courir normalement. On aurait pu continuer à courir comme ça jusqu'à la fin de notre vie. On riait comme des fous, on traversait des rues sombres et de temps en temps je criais : "A ton avis, quelle tête vous ferez au bout de cinquante mètres ?" et on continuait à courir. On a couru jusqu'au parc. C'était formidable. Vraiment dingue. On était tous les deux à bout de souffle, comme si on avait couru jusqu'au bout du monde, et on s'est assis sur un banc.

"C'est incroyable", ai-je dit à Karen. Je pouvais à peine voir son visage dans la pénombre. "Tout simplement incroyable."

Elle n'a rien dit. Elle a juste avancé la main et m'a pincé le lobe de l'oreille.

J'étais assis dans l'obscurité à côté d'une fille qui, une demi-heure auparavant, avait annoncé que les athées avaient eux aussi droit à l'éternité et qui, ensuite, donnait à un skinhead une petite tape sur le bide, infligeant une blessure irréversible à son ego d'athée.

J'ai regardé Karen, puis j'ai regardé le ciel. J'avais le sentiment qu'il devait y avoir là-haut quelque chose de très particulier à voir, mais il n'y avait rien. C'était tout simplement une nuit au XXe siècle. Une nuit quelconque. Vendredi dans la nuit, samedi matin, déjà. "Eh ben dis donc, ai-je dit. Pour une bouddhiste, tu cours drôlement vite."

*

C'était en mars. La nuit des skinheads. Maintenant, on est en avril, un autre vendredi soir. Karen est partie avec sa mère à Milan, et, moi, je suis assis dans ma chambre devant mon ordinateur et j'écris. Dehors, la lune brille. Je voudrais bien savoir si elle brille aussi comme ça à Milan. La mère de Karen est rédactrice de mode et elle va sans arrêt à Milan, à Londres, à Paris ou ailleurs, et parfois, le week-end, elle emmène sa fille avec elle.

Je suis resté un bon moment à regarder par la fenêtre. Notre chatte Lula est assise sur le rebord et ronronne comme une folle. Mais très régulièrement.

Quand on ferme les yeux, on pourrait croire que ce bruit vient d'un petit avion qui traverse la nuit et survole les Alpes en direction du sud.

J'ai décidé d'écrire tout ce qui va se passer. Sûrement que ce ne sera pas facile. Vu que je n'écris pas très bien. C'est peut-être parce que je n'ai aucune patience. Mes profs disent toujours que dans mes rédactions je laisse de côté le plus important. Même mes parents disent ça. J'étais un enfant hyperactif, si ça peut vous dire quelque chose. Je passais mon temps à dégringoler d'une chaise ou d'une autre et j'avais toujours des bleus partout. Quand on avait des invités, je me réjouissais tellement à l'avance que chaque fois ou presque je me cognais la tête quelque part ou me démettais une épaule. J'étais sans arrêt en train de bouger et quand c'est comme ça on ne prend pas le temps d'écrire. Dans ces cas-là, on ne peut pas rester assis sagement pendant bien longtemps.

D'ailleurs, même quand je suis assis, j'attire les catastrophes. En tout cas, c'était comme ça quand j'étais petit. Une fois, à sept ans ou dans ces eaux-là, j'ai passé quelque temps chez mes grands-parents Berlinger, les parents de mon père, parce que mes parents étaient en Italie, et un soir où j'ai veillé assez tard, assis dans un fauteuil, je discutais avec mes grands-parents et en même temps je croisais les bras alternativement sur le ventre et derrière la tête et, tout d'un coup, un nerf débile s'est coincé et je ne pouvais plus bouger le bras droit. Il était figé en l'air comme un triangle et ma main droite ressemblait à une branche cassée. On aurait dit le bras de quelqu'un qui a fait une chute de dix mètres et atterri pile sur le coude. Mes grands-parents ont appelé deux hôpitaux différents – dans le premier, on leur a recommandé de me plonger le bras dans l'eau froide, tandis que le médecin du deuxième hôpital leur a conseillé de l'eau chaude, mais aucune des deux méthodes n'y a fait.

Alors mes grands-parents m'ont amené à l'hôpital. Le médecin m'a mis une attelle et le lendemain tout était rentré dans l'ordre. Si je vous raconte ça, c'est uniquement pour vous montrer que je n'ai vraiment pas les qualifications requises pour rester assis longtemps au même endroit et écrire quelque chose. Même assis, j'arrive à me faire des trucs qu'il faut ensuite plâtrer.

Mais maintenant c'est différent. Maintenant, je veux écrire tout ce qui se passe. Pour une fois dans ma vie, ne pas laisser de côté les choses importantes et, des choses importantes, je crois qu'il s'en passe assez en ce moment.

En fait, je voulais écrire un journal. Seulement, la plupart des gens écrivent toujours dans leur journal toutes ces choses intimes qui deviennent embarrassantes quand on les relit après, et, moi, je n'ai pas envie d'écrire des choses intimes qui pourraient un jour, plus tard, devenir embarrassantes et me faire honte quand je serai un vieux monsieur et que j'aurai perdu toutes mes dents. Je veux simplement ne pas laisser de côté les choses importantes qui vont sûrement se produire maintenant. Ou se sont déjà produites.

Du coup, je me suis dit qu'au lieu d'écrire un journal je pourrais tout bêtement écrire à Tom, même si ça restait sur mon ordinateur. Tom est mon meilleur ami. On se connaît depuis qu'on a trois ans. On a passé presque tout notre temps ensemble. Mais maintenant il est en première et, moi, je redouble ma seconde. Et puis après, je me suis dit que si j'écrivais à Tom j'allais peut-être laisser de côté quelque chose d'important en pensant qu'il était déjà au courant de toute façon. Ce n'est pas exclu. Et, en dehors de ça, Tom est parfois très sensible. Tom bégaie et, parfois, ça l'empêche d'être sûr de lui.

Si j'écrivais à Tom, je n'aurais pas écrit qu'il bégaie et, du coup, j'aurais laissé de côté quelque chose d'important. Quand on s'est rencontrés, Tom ne bégayait pas encore. Ça a commencé quand on avait six ou sept ans. En fait, je ne m'en suis rendu compte qu'à l'école et d'ailleurs, quand il me parle, il ne bégaie pas. Je crois que son bégaiement a un rapport avec le fait que son père le considère comme le pire des menteurs, alors que Tom, quand il était petit, n'a sûrement pas plus menti que la plupart des enfants. Il ment par exemple beaucoup moins souvent que moi, mais quand il doit dire quelque chose en cours il bégaie terriblement. C'est chaque fois horrible de le voir se donner tellement de mal, comme s'il avait avalé de travers quelque chose qu'il devait maintenant faire sortir de son gosier par tous les moyens. Comme s'il avait avalé une canne ou un serpent. Et le plus horrible pour moi là-dedans, c'est que quand il se tord comme ça dans tous les sens c'est plutôt drôle. Pour être franc, pendant trois ou quatre secondes, c'est tellement drôle que j'ai envie d'éclater de rire. Chaque fois, c'est terrible : mon meilleur ami est assis à sa place, toute la classe le regarde et il s'étouffe avec un mot qu'il n'arrive pas à sortir, alors qu'il y a tant de mots qu'il voudrait encore dire, et, moi, j'ai envie de rire. Et en même temps j'ai envie de pleurer. C'est vraiment l'une des choses les plus terribles dans ma vie et aussi la seule et unique raison pour laquelle je suis content qu'on ne soit plus dans la même classe.

Donc je ne peux pas écrire à Tom parce que sinon je devrais laisser trop de choses importantes de côté, et, quand même, savoir qu'on est quelqu'un qui trouve parfois très drôle une chose horrible, c'est important.

Avec Tom, donc, ce n'est pas possible. Alors je me suis dit que j'allais tout simplement écrire à quelqu'un qui n'existe pas. Quelqu'un qui est un peu comme moi, même s'il a trois, quatre, vingt ou trente ans de plus que moi. Quelqu'un qui pourra comprendre ce que j'écris là, assis devant mon ordinateur. Quelqu'un qui me ressemble, sauf qu'il y a beaucoup de choses que je sais et qu'il ou elle ne sait pas ; aucun de nous ne sait quelles sont les

choses importantes qui vont se produire maintenant, mais ce dont on est sûrs, c'est que toutes ces
choses importantes vont certainement se produire.

*

Le samedi, après la nuit des skinheads, je suis passé
trois fois devant chez Karen et je suis allé dans
quatre centres commerciaux différents en pensant
peut-être la rencontrer par hasard. Mais elle n'était
nulle part. Ma mère commençait déjà à se poser
des questions sur cette furieuse envie de faire des
courses. L'après-midi, je suis allé jusqu'à Starn-
berg à vélo et j'ai fait le tour du lac. Il faisait un
peu froid. Ça fait déjà plusieurs mois qu'il fait
froid. Le temps a seulement été un peu plus doux
pendant la nuit des skinheads. De temps en temps,
je pensais au jeune homme que le moine japonais
avait maintenu sous l'eau : "Et reviens quand tu
désireras Dieu autant que tu désirais l'air, il y a un
instant." Bizarre que ça m'ait trotté dans la tête. Sur
mon vélo, je pensais à Karen parce que c'était très
agréable de penser à elle et à ce sourire fou, marron
foncé, infiniment léger, et tout d'un coup quelqu'un
dans ma tête a dit : "Reviens quand tu désireras
Dieu autant que tu désirais l'air, il y a un instant."
    Je n'ai vu Karen ni ce samedi-là, ni le diman-
che, et le lundi matin au lycée je ne l'ai pas vue
non plus. Même pas pendant la pause. J'étais plutôt déçu. J'étais même carrément énervé. Si même

pendant la pause vous ne voyez pas la personne que vous voulez absolument voir, alors c'est peut-être que cette personne ne veut pas vous voir.

Ce lundi-là, après la dernière heure de cours, je suis resté en salle de physique avec le prof parce que j'avais des trucs à lui demander. La physique, c'est ma matière préférée et j'ai toujours un tas de questions à poser, et quand je suis sorti de la salle Karen était là, assise dans le couloir. Son sac à dos était par terre et elle était accroupie à côté. Elle était accroupie, adossée au mur, et elle lisait le journal *Die Zeit*. Aïe aïe aïe. Tout d'un coup, je me suis senti très mal. Quand je me suis approché d'elle, elle a fait comme si elle ne me voyait pas. Elle était très concentrée sur son journal. Elle était assise là, et on aurait dit que tous les lundis, à la même heure, elle venait s'asseoir dans le couloir devant la salle de physique pour lire le *Zeit*. Elle avait l'air d'une vraie intellectuelle. J'ai d'abord fait comme si je ne l'avais pas remarquée. On peut parfois être tous les deux de sacrés hypocrites. Mais je ne peux jamais faire semblant très longtemps. Arrivé à quelques pas d'elle, j'ai fermé les yeux et tendu les bras devant moi comme un aveugle qui aurait perdu sa canne. Je fais ça souvent. "Vous travaillez ici ? lui ai-je demandé, une fois devant elle. Enfin, pourriez-vous peut-être me dire par où se trouve la sortie ?"

Ce n'était pas une idée terrible, mais Karen a dit : "Vous pouvez me tutoyer. Je ne suis pas profes-seur.

— Vous pouvez me tutoyer aussi, ai-je dit. Je donne seulement des cours de braille ici."

Karen a des yeux marron qui peuvent parfois devenir tout à fait noirs, comme ses cheveux. Les aveugles de ce monde ne savent pas ce qu'ils ratent, juste parce qu'ils ne peuvent pas voir les yeux de Karen. J'ai baissé la tête vers elle.

"Qu'est-ce que tu lis ?"

Elle m'a tendu l'article qu'elle était en train de lire. Ça parlait de l'amour au temps de la théorie de la relativité ou quelque chose dans le genre. Un sujet qui convenait parfaitement au couloir de la salle de physique, il faut dire.

"C'est bien ? ai-je demandé.

— Très intéressant", a-t-elle dit.

Elle m'a regardée, puis elle s'est levée. J'étais tout près d'elle et quand elle s'est levée, pendant un instant, je ne l'ai plus vue, comme si elle s'était dissoute en moi. Comme si elle avait disparu en moi. "Reviens, disait une voix dans ma tête. Reviens quand tu désireras Dieu autant que tu désirais l'air, il y a un instant."

"Qu'est-ce qu'on fait de l'après-midi qui reste ?" a demandé Karen.

J'ai dit que je devais aller à l'entraînement mais que j'avais quand même encore un peu de temps. "Je dois partir vers quatre heures", ai-je dit et Karen a dit : "Et si on allait manger une glace ?"

Une glace ! On était au mois de mars et il ne faisait pas très chaud ce lundi : elle ne pouvait vraiment pas trouver d'autre occupation que d'aller manger une glace ! L'été avant mon départ pour les Etats-Unis, avec des gens de ma classe, on passait presque tous les après-midi au bord de l'Isar et je m'asseyais presque toujours à côté de Susanna. Elle n'est plus dans le même lycée maintenant, vu qu'elle a emménagé l'année dernière à Düsseldorf avec ses parents. Susanna était la plus jolie fille de ma classe et je l'aimais vraiment beaucoup. Elle était l'une des raisons pour lesquelles j'aimais *vraiment* être dans cette classe. Et elle était la seule fille de notre bande à ne pas quitter le haut de son maillot de bain quand on s'installait au bord du fleuve. Toutes les autres filles étaient à moitié nues et Susanna gardait le haut de son maillot. Je veux dire, je ne suis pas non plus du genre puritain maniaque, mais je trouve ça idiot quand les gens font comme si un sein n'était ni plus ni moins qu'un gros orteil. Quand on discute avec une fille qui a les seins nus, c'est à peu près aussi embarrassant que quand on est assis dans le train en face d'un couple qui s'embrasse allègrement en public. On ne sait pas où regarder.

Avec Susanna, je savais toujours où regarder. Et je l'aimais vraiment beaucoup, je la trouvais plus excitante que tout un bus rempli de filles qui se seraient débarrassées de leur haut de maillot. Mais c'était assez bizarre avec elle. Quand on était tous assis au bord du fleuve, je posais souvent mon menton sur son genou tout en discutant avec les autres. Elle avait plutôt de longues jambes et la peau toute brune et partout un léger duvet blond.

C'est vrai : j'ai souvent posé mon menton ou mon bras sur son genou et j'ai réfléchi *pendant des semaines* si je devais l'inviter à manger une glace. Je veux dire, si je devais aller manger une glace tout seul avec elle. Et je n'ai jamais réussi à lui demander si elle avait envie qu'on aille manger une glace ensemble. Enfin, évidemment, je savais que j'allais bientôt partir en Amérique et tout ça. C'est peut-être à cause de ça. Mais quand même, c'est vraiment très étrange : on peut rester tout un été assis à côté d'une fille, au bord de l'Isar, le menton ou le bras posé sur son genou, prendre un plaisir fou à regarder ce léger duvet blond, et, finalement, on n'ose pas aller manger une glace seul avec elle. Je ne sais pas pourquoi c'est comme ça, mais c'est comme ça. Pour moi, en tout cas.

Maintenant, vous comprenez mieux pourquoi j'ai un peu hésité quand Karen a proposé qu'on aille manger une glace. Depuis, je sais que manger des glaces compte parmi les choses que Karen aime par-dessus tout et qu'on aurait de toute façon atterri chez le glacier, même si j'avais tout fait pour l'empêcher. "On ne peut pas échapper à son karma", dirait Karen.

Le karma avait aussi attiré quelqu'un d'autre chez le glacier : mon ancienne prof de musique, Lea Koppermann. Elle était assise dans un coin à l'intérieur et observait la vie du café, réduite à deux vendeurs de glace italiens et un tas de tables vides. Lea Koppermann est quelqu'un de très original. Elle est très grande, avec une énorme tête pleine de boucles noires, et quand j'avais quatorze ans elle m'a un jour jeté à la figure : "Espèce de monstre pubertaire !" Mais elle n'est pas comme les autres profs qui ne s'en sortent pas avec moi. Elle, c'est une vraie artiste, elle ne voulait pas me *détruire*. Pendant les réunions qui me concernaient, elle était sûrement toujours de mon côté. Je lui ai fait beaucoup de choses que l'on ne peut supporter qu'avec une bonne dose d'humour et, en vérité, elle n'a pas tant d'humour que ça, mais elle est si sûre d'elle que c'en est déjà presque une sorte d'humour. Pour mieux vous expliquer : il y a quelques années, à un carrefour, ma mère a eu un petit accident avec cette bonne vieille Lea et quand la police a voulu voir son permis Lea a dit avec son entrain habituel : "Je suis Lea Koppermann, professeur au lycée Heinrich von Kleist ! Je n'ai pas besoin de permis !" Voilà ce que je veux dire par : elle est si sûre d'elle que c'en est déjà presque une sorte d'humour. *Je n'ai pas besoin de permis !* C'est vraiment génial. Lea Koppermann est quelqu'un que je vois toujours avec plaisir, même si cette fois-là, chez le glacier, j'aurais préféré ne pas la rencontrer.

"Salut, Vincent ! a-t-elle dit.

— Bonjour", ai-je dit.

Et puis elle a dit à Karen : "On ne se connaît que de vue ; tu es Karen Zimmermann, c'est ça ? Tu diras à ta mère que je lis *tous* ses articles. Mais asseyez-vous ! C'est moi qui invite !"

Ensuite, elle m'a regardé de haut en bas comme elle aurait regardé un drôle d'oiseau et a dit : "Vincent, tu es vraiment devenu un grand et beau jeune homme." Elle était ravie que je n'aie plus quatorze ans, ça se voyait.

"Un mètre quatre-vingt-douze, ai-je dit. J'ai pris dix centimètres aux Etats-Unis.

— Vous êtes dans la même classe, tous les deux, ou vous…

— Non, mais on est tous les deux en seconde", a dit Karen.

Et j'ai dit : "On travaille ensemble en physique sur la théorie de la relativité." Je suis vraiment un sacré menteur. Je crois bien que depuis que j'ai appris à parler il ne se passe pas un jour sans que je mente au moins *une fois*. C'est sans doute un record – je suis l'homme qui n'a jamais passé une journée sans mentir depuis l'âge de trois ans. Si j'avais un père comme celui de Tom, je bégaierais sûrement comme un dingue.

"Vincent, a dit Lea Koppermann. J'aurais vraiment beaucoup aimé que tu passes directement en première. Tu le sais ?"

J'ai hoché la tête.

"Malheureusement, tu n'as pas assez de *soutien* parmi les enseignants. Nous n'avons pas réussi à l'imposer. Mais, vraiment, nous avons tout essayé.

— Je sais, ai-je dit. Merci."

Par précaution, je n'ai pas demandé qui elle entendait par "nous".

C'est vraiment une nana adorable. Peut-être la seule et unique prof qui m'ait jamais apprécié. Et pourtant, j'ai souvent été insupportable avec elle.

Un jour, elle nous a passé une vidéo sur Beethoven et cette année-là, en quatrième, je m'occupais de tous les détails techniques, alors au lieu de lui donner la télécommande je lui ai donné une calculatrice et de mon côté j'ai actionné la télécommande. Je me souviens encore qu'elle appuyait frénétiquement sur tous les boutons de la calculatrice en criant : "Mais enfin, pourquoi est-ce que le film se rembobine, maintenant ?" Un peu plus et elle perdait la tête.

Je l'ai littéralement ridiculisée devant tout le monde. Et chez le glacier, ça m'a vraiment fait de la peine. Je veux dire, à l'époque, toute la classe a pensé que c'était une idiote parce qu'elle n'avait pas remarqué qu'avec une calculatrice, elle ne pouvait pas faire grand-chose face à un téléviseur. Mais Lea Koppermann n'est pas une idiote. C'est juste qu'elle ne fait pas la différence entre une calculatrice et une télécommande. Sinon, c'est vraiment une artiste et quand elle joue Bach ou Mozart au piano, même moi, ça m'épate, alors que je suis plutôt nul en musique. Ma mère dit que Lea joue beaucoup mieux que Glenn Gould, par exemple quand elle joue *Le Clavier bien tempéré*. Elle trouve que quand Glenn Gould joue on entend combien Glenn Gould est doué, alors que quand Lea joue on entend combien *Bach* est doué. Ou alors on n'entend plus qui est doué : on *entend* seulement. Ma mère sait plutôt bien formuler ce genre de choses.

J'ai dit à Lea : "Mes parents trouvent que personne ne joue Bach aussi bien que vous." Dieu du ciel ! Mes parents ! Mon père est encore plus nul en musique que moi. C'est terrible, je passe vraiment mon temps à mentir. Mais je voulais dire quelque chose de gentil à Lea. Quelque chose qui soit à peu près aussi gentil que le "nous" parmi les enseignants.

C'était plutôt sympa avec cette bonne vieille Lea, chez le glacier, mais le temps passait, je devais aller à l'entraînement et je n'avais toujours pas parlé avec Karen. J'aurais bien voulu manquer l'entraînement. Mais je ne peux pas laisser les autres en plan et, en plus, il y a de grandes chances pour que je fasse une très bonne année.

J'ai quand même raccompagné Karen chez elle. C'est un truc que j'ai appris aux Etats-Unis. Je veux dire, raccompagner les filles jusqu'à la porte de chez elles. Quand on les ramène en voiture, on sort de la voiture et on les raccompagne jusqu'à la porte pour être certain qu'elles arrivent chez elles saines et sauves. Je trouve ça plutôt bien, même pour les filles qui courent très vite. Et l'avantage, c'est qu'on passe un peu plus de temps avec elles.

On s'est séparés de Lea devant le glacier et, au moment où on s'éloignait, Lea nous a encore lancé : "Et bonne chance !"

On a dû se retourner d'un air surpris parce qu'elle a ajouté : "Pour la théorie de la relativité !

— Oh, merci, a dit Karen. On en aura sûrement besoin."

La théorie de la relativité ! Saint Einstein ! C'est certain, Mme Lea Koppermann, professeur au lycée Heinrich von Kleist, est loin d'être une idiote. Elle n'a vraiment pas besoin de permis.

II

Hier, comme le cours de sport ne commençait qu'à trois heures, on a eu pas mal de temps libre. Et comme, pour une fois, il faisait vraiment chaud, Karen et moi, on est restés assis dehors dans la cour, sur un banc. Les bancs du lycée n'ont pas de dossier. Ils sont faits de planches en bois gris et on s'était assis dessus à califourchon, face à face. Quelques élèves de seconde étaient allongés dans l'herbe à quelques mètres de là et bavardaient eux aussi. Il y a peu de choses au monde qui soient aussi formidables que d'être assis sur un banc avec une fille et de bavarder en prenant un bain de soleil. Dans ces moments-là, je me sens parfois tout léger, vaporeux. Je ne sais pas comment se sentent les bulles de savon quand elles se balancent dans l'air chaud, mais peut-être se sentent-elles un peu comme je me sentais hier, assis sur ce banc avec Karen, dans la cour. Comme si on n'était plus constitués que d'une surface harmonieuse.

On était donc assis sur notre banc à bavarder comme deux bulles de savon et, soudain, j'ai vu mon père entrer par la porte de derrière et s'approcher de nous. Il revenait du tennis. C'était vers une heure et demie. Le club de tennis où joue mon père est juste derrière notre lycée. Moi, je joue dans un autre club. C'est assez rare que mon père doive aller à la clinique la nuit pour une urgence et qu'il ne travaille pas le lendemain matin, mais quand cela arrive il ne fait même pas la grasse matinée : il prend son petit-déjeuner, lit le journal, puis va jouer au tennis pendant deux heures. Et quand il rentre à la maison, il passe toujours par le raccourci qui traverse la cour.

Je connais Karen depuis à peu près six semaines maintenant et mes parents ne l'ont encore jamais vue. Mes parents savent que je vais assez souvent manger des glaces, danser ou au cinéma avec quelqu'un qui se prénomme Karen, mais ils me laissent tranquille avec ça, et là, quand mon père a traversé la cour en passant à quelques mètres de nous, avec sa tenue de tennis toute blanche et son sac de sport, il m'a fait signe avec la même nonchalance que s'il avait été une lointaine connaissance de la famille. Mon père est quelqu'un de très communicatif, qui a besoin de beaucoup d'espace, qui parle énormément et qui, en plus, maîtrise quatre langues étrangères, mais, d'un autre côté, il peut aussi être terriblement réservé. Vraiment discret. Et, là, il m'a fait signe avec tant de nonchalance et de réserve que Karen ne m'a même pas demandé qui c'était.

Karen et moi, on était assis là, sur notre banc à bulles, et pour une raison incompréhensible j'ai tout à coup entendu la voix de Tiffany. Sa voix, à un moment où l'on ne se connaissait pas encore vraiment. Et maintenant, pendant que j'écris ces lignes, assis à mon bureau, j'entends encore sa voix.

"Vince", disait-elle. Aux Etats-Unis, ils m'appelaient tous Vince ou Vincent, mais le plus souvent Vince. "Vince, a-t-elle dit. Comment est-ce qu'on t'appelle, chez toi ?

— Vincent, ai-je dit.

— Non, a dit Tiffany. Je veux savoir comment tes proches t'appellent. Comment ta *mère* t'appelle.

— Ah, ai-je fait. Ma mère m'appelle Gogo. Mon père aussi. Enfin, le plus souvent. Et mon frère aussi, bien sûr. Et puis mes amis."

Si je m'appelle Vincent, c'est parce que, l'année où je suis né, mon père a eu un grave accident. Il est resté longtemps à l'hôpital, des semaines, et pendant toutes ces semaines, tandis que je grandissais dans le ventre de ma mère, il passait son temps à observer le tableau suspendu face à son lit. C'était un tableau de Vincent Van Gogh. On y voit des pêchers en fleur, *un* arbre surtout, et en bas à gauche, dans le coin, est inscrit *Souvenir de Mauve*. Et dessous, en plus petit : *Vincent*. C'est un tableau plutôt célèbre. Van Gogh l'a offert à la veuve d'Anton Mauve, qui avait été un peu comme son professeur. Il voulait lui apporter un peu de consolation, et pendant les longues semaines qu'il a passées à l'hôpital mon père s'est raccroché à ce tableau comme à un ultime fragment de monde, et c'est pour cela que je m'appelle Vincent.

Maintenant, il y a une copie du tableau chez nous, dans le bureau de mon père, et un jour, quand j'étais petit, ma mère a transformé Vincent en "Goghgogh" et c'est devenu "Gogo". Je crois que ma mère ne m'a jamais appelé Vincent. Parfois, quand mon père n'est pas là, je me mets devant le tableau et je l'observe. Il me plaît beaucoup. J'ai passé tant de temps devant ce tableau qu'il est maintenant pour moi comme un souvenir. C'est presque comme une partie de ma vie. C'est de là, de ce jardin, que vient mon prénom.

Une nuit, il y a deux ans, je suis allé dans le bureau de mon père pour regarder le tableau et, tout d'un coup, ma mère se tenait derrière moi. On est restés longtemps comme ça, puis elle a passé ses bras autour de mon cou et a dit : "Eh oui, Vincent le pur." Sa voix était un peu moqueuse. Et elle a dit : "Il n'a pas envoyé le tableau à cette femme – Jet Mauve – uniquement pour la consoler. Il le lui a aussi envoyé parce que Mme Mauve était une amie du marchand d'art Tersteeg et qu'il a bien pensé que ça pourrait déboucher sur une affaire."

Elle a attendu de voir si j'allais ajouter quelque chose, mais je ne savais pas quoi ajouter. Alors elle a dit : "Personne n'est *entièrement* bon, fiston. Personne." Voilà : il se trouve que mon père m'a donné le prénom de Vincent, que ma mère a commencé à m'appeler Gogo et que depuis tout le monde m'appelle Gogo dans la famille. Et le plus bizarre, c'est que je ne me rappelle absolument pas quand ça a commencé.

Aux Etats-Unis, Tiffany était la seule à m'appeler Gogo. Le jour où elle m'a demandé ça, elle m'a aussi demandé si je connaissais beaucoup de filles. Il n'y avait vraiment pas beaucoup de questions que Tiffany aurait hésité à poser. On était dans ce resto, à Williamsburg, on mangeait des *tacos* et elle a dit :

"Tu connais un tas de filles, non ?

— Oh, ça va, ai-je dit, ça reste supportable."

Je ne sais pas si on peut encore parler de mensonge, mais je ne pouvais quand même pas lui dire : "J'ai passé chaque jour du dernier été le menton ou le bras posé sur le genou de la plus jolie fille de ma classe – c'est tout." Je ne pouvais quand même pas lui dire ça, pas vrai ? Et si Susanna n'avait pas porté son haut de maillot de bain, ce ne serait sans doute même pas arrivé. D'ailleurs, je ne sais pas d'où ça vient, mais la plupart des gens me prennent pour un don Juan. Susanna a sans doute pensé elle aussi que depuis toujours je posais chaque été mon menton sur le genou de n'importe quelle fille. Même quand j'étais petit garçon.

Tiffany le pensait sûrement. La première fois qu'on est allés au lac avec sa voiture, au retour, elle a mis une cassette de Joni Mitchell. Il y avait dessus une chanson qui s'appelle *Blue Motel Room*, où Joni Mitchell raconte qu'elle sillonne inlassablement l'Amérique en voiture, elle parle de jolies filles et chante *Well you tell those girls that you've got German measles / Honey, tell 'em you've got germs*, et ensuite, presque à la fin, elle chante : *You lay*

down your sneaking around town, honey / And I'll
lay down the highway.

C'est une chanson hallucinante. Une chanson
sur deux personnes qui ne pourraient certainement
jamais se rencontrer, mais qui se rencontrent dans
cette chanson. Enfin, leur rencontre dure le temps
de la chanson. La première fois qu'elle a mis la cassette, Tiffany a demandé : "Comment on dit *German measles* en allemand ?"

Je n'en savais rien, mais maintenant je le sais,
bien sûr : rubéole. Tom a eu la rubéole une fois,
quand on était petits, et je n'avais pas le droit d'aller le voir. Cette chanson, on l'écoutait chaque fois
qu'on revenait du lac. Oui, je crois que Tiffany était
persuadée que je connaissais tout un tas de filles.
Elle aurait pu être plus perspicace. Les filles devraient
quand même remarquer ce genre de choses.

C'est étrange d'avoir pensé à Tiffany pendant
que j'étais assis face à Karen sur ce banc, dans la
cour, alors que je ne pouvais imaginer aucun lieu
sur terre où j'aurais préféré être. Même la Harvard
Business School ne m'aurait pas tenté.

C'est vraiment étrange et en même temps ça n'a
sans doute absolument rien d'étrange. Quand j'avais
six ou sept ans, ou peut-être huit, un jour, j'ai
demandé à mes parents s'ils avaient connu quelqu'un d'autre avant. S'ils avaient été avec une autre
personne avant. Avant ma naissance et celle de
Benjy. Avant leur rencontre. Et quand ils ont répondu

"Oui" j'ai fondu en larmes. Je m'en souviens très bien. Je n'ai pas pu faire autrement. C'était comme si tout s'écroulait. Le monde entier. Comme s'il n'y avait plus rien sur quoi l'on puisse vraiment compter. Et maintenant, je commence à peine à comprendre. Que les *autres* sont incontournables. Que, sans Tiffany, je n'aurais peut-être pas intéressé Karen le moins du monde. Qu'est-ce qu'on peut bien trouver d'intéressant chez un garçon, à vrai dire ? Sans Tiff, je ne vaudrais peut-être vraiment pas grand-chose. Mis à part le fait que je suis plutôt bon au tennis.

Peut-être que sans Tiff je serais tout à fait différent de ce que je suis maintenant, et peut-être que sans les gens avec qui ils ont été avant ma mère et mon père seraient eux aussi tout à fait différents, même si parfois j'aimerais que mon père soit un peu différent de ce qu'il est.

Mon père est sûrement un très bon médecin et sans doute aussi un scientifique assez doué. Il participe depuis quelques années à un projet international de recherche contre le cancer, va à Londres à peu près tous les deux mois, fait certainement des conférences interminables, et tous les Anglais sont sans doute surpris que quelqu'un puisse parler autant. Même lui le remarque, parfois. Je me rappelle qu'un jour il a dit, tout étonné, presque d'un air coupable : "Seigneur, le temps de parole dont j'ai disposé au XXᵉ siècle a été sacrément long !" Sans doute cinquante fois plus long que la plupart des gens qui ont le double de son âge.

Et puis, c'est quelqu'un qui s'emporte vite. Quand il s'emballe, il peut faire à peu près l'effet d'un horrible cyclone de crapauds. Et dans les bons jours, il est plutôt comme un magnifique feu d'artifice. Mon frère Benjy et moi, on s'est tellement disputés avec mon père qu'on ne peut même plus dire si on a eu avec lui plus de bons ou de mauvais jours. Certaines personnes ne peuvent sans doute pas faire autrement. Mr Cupertino était aussi comme ça. C'était mon prof d'anglais à la *high school* et, dans l'ensemble il était plutôt sympa. Mr Cupertino est sans doute le prof le plus sympa que j'aie jamais eu, si l'on ne compte pas Lea Koppermann, peut-être, mais pour elle je ne m'en suis aperçu qu'après. Mr Cupertino avait vraiment de bonnes idées et pourtant, un jour, il a tout simplement disjoncté comme n'importe quel fanatique débile. Il nous avait donné à faire à la maison une rédaction sur le sujet *America on a Cloudy Day*. C'était vraiment une idée originale de devoir se représenter par un jour de mauvais temps, plutôt déprimant, le pays dans lequel on vit. La plupart du temps, Mr Cupertino avait de sacrées bonnes idées pour nos sujets. Dans ma rédaction, j'ai parlé des Noirs aux Etats-Unis parce que mon meilleur ami à Williamsburg était noir – Ray, le meilleur joueur de basket de notre école. Il était à côté de moi en anglais et on jouait en double au tennis. C'est aussi Ray qui m'a appris que dans les années 1950 les chanteurs de rock noirs n'avaient pas le droit d'utiliser les toilettes des stations-services quand ils étaient en tournée, ni de pisser sur le bord des routes.

Je crois que j'ai écrit cette rédaction pour Ray et pour les chanteurs noirs qui étaient obligés de pisser par la portière de leur voiture pendant qu'ils roulaient parce qu'on ne leur laissait aucune autre possibilité. J'ai simplement écrit des choses que je savais par Ray ou que j'avais lues dans quelques bouquins. J'ai pensé à Ray et j'ai écrit : "Les hommes noirs constituent aux Etats-Unis la catégorie de la population dont l'espérance de vie est la plus courte. Leur taux de chômage est deux fois plus élevé que chez les Blancs, ce qui vaut aussi pour les Noirs diplômés d'un *college*. Environ un Noir sur quatre âgé de vingt à vingt-neuf ans est derrière les barreaux. Pour les mêmes délits, les peines infligées aux Noirs sont plus lourdes que celles infligées aux Blancs. Et nous avons maintenant un président qui souhaiterait que les récidivistes soient condamnés à la prison à perpétuité dès leur troisième délit, même s'il ne s'agit alors que d'avoir volé un morceau de savon. Il ne faut donc pas s'étonner qu'en Californie on dépense plus d'argent pour la construction de prisons que pour l'éducation…"

Voilà le genre de choses que j'ai écrites dans ma rédaction, sur cinq ou six pages. Le genre de choses qui vous mettent vraiment en colère. Comme le fait, par exemple, que depuis les années 1960 le taux de suicide parmi les jeunes Noirs a triplé chez les hommes et doublé chez les femmes. Le jour où Mr Cupertino a rendu les rédactions, il avait le visage tout rouge en venant vers moi. Il serrait les lèvres comme s'il s'était fermement décidé à ne rien dire.

Il avait vraiment l'air de se retenir parce que d'habitude il parle toujours beaucoup. Mais finalement il a quand même dit quelque chose. Il a dit à voix basse : "Tu es mal placé pour ça." Et puis il s'est mis à hurler : "Vous avez assassiné six millions de Juifs, alors qu'est-ce qu'on en a à faire de…"

Et Ray, qui était assis à côté de moi, a dit : "Qu'est-ce qu'on en a à faire de quelques nègres, c'est ça ?"

C'était vraiment une situation pitoyable. Quand même, si Mr Cupertino avait décidé de ne rien dire, il aurait au moins pu réfléchir à ce qu'il allait dire s'il décidait finalement de dire quelque chose. J'ai vraiment cru que Ray allait se lever et le boxer dans un coin. Mais, la vérité, c'est que Ray aime bien Mr Cupertino, et il est resté assis et s'est contenté de le regarder d'un air furieux. Presque tous les Américains blancs que j'ai rencontrés étaient très chatouilleux dès que l'on parlait des Noirs. Ou des Indiens. Derek, le père de ma famille d'accueil, n'a jamais parlé de ce que "nous" avons fait aux Indiens, mais toujours de "ce que les *Espagnols* ont fait aux Indiens". Mais bon, je vous parlerai sûrement plus tard de Derek et aussi de Glenda, qui était vraiment une femme adorable, et puis il faudra aussi que je parle un peu de Beryl, qui a été ma sœur pendant un an et qui, dès le début, ne pouvait pas me sentir. Ma *sœur* ! Quelle blague ! Même dans le bus pour aller au lycée, on s'asseyait le plus loin possible l'un de l'autre.

Le jour suivant, après le cours d'anglais, Mr Cupertino est venu nous voir, Ray et moi, et nous a dit qu'il était désolé d'avoir disjoncté comme ça. Je crois qu'il était réellement désolé et d'ailleurs peut-être que c'était une erreur d'écrire ça sur les Noirs, même si Ray est bien évidemment mon ami et que je prendrai *toujours* sa défense. Mais dans ce cas précis personne ne s'en était pris à lui. Ce n'était qu'une rédaction et j'aurais sans doute pu écrire sur un tas d'autres choses qui arrivent en Amérique par mauvais temps. A mon avis, parfois, les choses que je dis et écris sont *justes* dans le fond, mais je ne les dis peut-être pas toujours au bon *moment*. Ou au bon endroit. C'est possible. A l'école primaire, quand les filles de la classe ont commencé à faire circuler leurs carnets d'amitié et qu'il fallait y écrire quelque chose d'intelligent, il m'est déjà arrivé la même chose.

Il y avait dans ma classe une fille dont les parents étaient déjà assez âgés. Ils auraient pu être ses grands-parents et la fille s'appelait Griseldis. C'est sûrement un prénom qui convient bien à quelqu'un dont les parents sont plutôt âgés, et quand elle m'a confié son carnet je me suis dit que je devais y inscrire quelque chose de particulièrement sérieux, quelque chose que ses parents pourraient aussi apprécier. Je devais avoir huit ans à l'époque, je m'intéressais énormément à la guerre et quand ma grand-mère venait nous voir il fallait toujours qu'elle me raconte des histoires sur la guerre pour m'endormir, et notre nourrice Rosalen aussi, et, toutes les deux, elles m'avaient raconté que les bombardiers survolaient la ville, que les gens allaient se cacher et tout ça, et je ne sais pour quelle raison idiote j'ai alors écrit dans ce satané carnet quelque chose qui parlait de la guerre. Ça disait plus ou moins : "Quand la guerre éclate, les bombardiers envahissent le ciel et déversent leurs bombes sur les maisons, les gens courent se cacher dans les caves et tout s'écroule et prend feu." J'ai écrit un truc de ce genre. J'ai écrit ça parce que ça me paraissait *intéressant* et parce que je crois toujours que ce qui m'intéresse pourrait peut-être intéresser aussi les autres. Et puis j'ai aussi essayé d'écrire très proprement parce que j'ai une écriture épouvantable et que Griseldis avait pris la peine de préciser que je devais faire un effort pour m'appliquer. Peut-être que je n'aurais pas écrit ce passage sur la guerre dans son carnet d'amitié si elle n'avait pas parlé de mon écriture. Comme j'étais un enfant hyperactif et que j'avais la pire écriture de toute la classe, elle aurait dû savoir à quoi s'attendre. Et de ma plus belle écriture, j'ai donc écrit ces quelques lignes sur les bombardements.

Le lendemain, ou le surlendemain, ses parents ont appelé chez nous. Ils trouvaient que le carnet d'amitié était complètement fichu maintenant. *Gâché.* Et ils avaient sûrement raison. Vraiment, j'étais réellement désolé, surtout pour Griseldis. Elle était plutôt gentille, à vrai dire. Elle portait presque toujours un nœud rouge dans les cheveux. Ça faisait assez démodé. Aucune des autres filles ne portait de nœud dans les cheveux et elle en avait honte. On voyait bien qu'elle aurait préféré se balader sans nœud dans les cheveux. Tout le monde le voyait sauf ses parents, qui étaient sans doute déjà trop âgés pour le voir et trouvaient tout à fait normal de se balader avec un nœud rouge. Et là, en plus de ça, Griseldis avait un carnet d'amitié dont elle avait honte et c'était ma faute. Pour être franc, je trouve ça assez horrible.

Maintenant, je me dis que ma rédaction a dû provoquer sur Mr Cupertino le même effet que le carnet d'amitié sur Griseldis et ses parents. Il a sans doute eu l'impression qu'on le poussait dans ses derniers retranchements. Mr Cupertino est vraiment un homme très sympathique et plutôt un bon prof, et certains des livres qu'on a lus dans son cours étaient vraiment bien. *Gens de Dublin* de cet écrivain, James Joyce, et *Winesburg, Ohio* de Sherwood Anderson m'ont bien plu. Et aussi quelques nouvelles de Raymond Carver. Dans l'une des nouvelles de Raymond Carver, un représentant de commerce au chômage, dans un café, s'aperçoit que deux types se moquent de sa femme et de son gros derrière. Sa femme est serveuse dans le café en question, et le représentant de commerce voit que sa jupe remonte, que l'on peut voir ses grosses veines et tout ça. Et il voit que les deux types voient ça aussi et en rigolent. C'est terriblement déprimant. A la fin de l'histoire, c'est sa *femme* qui s'aperçoit qu'une collègue et un client le considèrent *lui* comme un type plutôt détraqué. C'est vraiment une histoire horrible – ces deux pauvres diables qui tiennent tout juste le coup, et chacun d'eux s'aperçoit que les gens méprisent l'autre. Tous les deux, ils sont complètement perdus et quand on arrive à la fin de l'histoire on est soi-même complètement perdu. Ce Raymond Carver a pigé beaucoup de choses. Il avait vraiment tout compris. Mr Cupertino comprend aussi beaucoup de choses et pourtant il disjoncte assez souvent. Sur ce point, il ressemble pas mal à mon père.

Quand j'avais quinze ans, un élève de ma classe a un jour raconté une blague raciste vraiment horrible. Cette blague était à peu près aussi ignoble que de passer quelqu'un à tabac et de lui donner encore des coups de pied quand il est à terre. Et de le laisser là ensuite. Il s'est passé un truc dingue avec cette blague : au début, elle m'a fait rire, jusqu'à ce que je comprenne ce qu'elle signifie vraiment. Je crois que c'est la blague la plus horrible que j'aie jamais entendue et je ne veux pas qu'elle se répande partout dans le monde, c'est pourquoi je ne la raconterai pas ici.

La blague en elle-même n'a d'ailleurs aucune importance ; ce qui importe, c'est juste ce qui s'est passé chez nous, au dîner. J'étais à table avec mes parents et je ne sais pas vraiment ce qui m'a pris, mais tout d'un coup, en plein milieu du repas, je me suis mis à raconter cette blague. Pendant quelques secondes, mes parents n'ont pas dit un mot, puis mon père a dit : "Tu as perdu la tête, je suppose ?" et il a attrapé son rond de serviette et l'a lancé dans la porte vitrée du séjour. Plus exactement : dans la cloison vitrée. L'une des cloisons de notre séjour est entièrement composée de verre, de vingt-six vitres de tailles différentes, fixées dans des cadres de bois, et mon père a choisi pour son rond de serviette la plus grande vitre, celle qui se trouve en haut, à gauche de la porte.

Dans la famille, nous avons tous des ronds de serviette en argent gravés à nos initiales, et quand mon père a lancé son rond de serviette dans la vitre je savais parfaitement que c'était moi qu'il voulait atteindre. J'étais assis à sa gauche et la cloison vitrée se trouve à droite de sa place. Il ne pouvait donc pas m'atteindre, mais j'ai bien vu que c'était moi qu'il voulait atteindre. Il voulait m'atteindre sans me viser. Il voulait m'atteindre sans m'atteindre, et il m'a touché en plein dans le mille.

C'était vraiment un moment horrible. Quand j'y repense maintenant, j'ai l'impression qu'on est restés assis là pendant des heures, pendant toute une journée, sans dire un mot. Je crois bien que c'était même le pire moment de ma vie. Parfois, je fais vraiment des choses que je ne peux absolument pas m'expliquer par la suite. Je pense souvent à cette journée et à cette blague. Peut-être même que j'y penserai encore quand je serai un vieux monsieur et que je ne penserai plus à grand-chose d'autre.

L'automne dernier, en cours d'allemand, on a fait un projet sur le racisme. J'ai trouvé ça plutôt débile parce qu'ils ont tous fait comme s'ils étaient des gens bien. Même des gens comme Christopher ont fait comme si. Et s'il y a une sacrée ordure dans la classe, c'est bien Christopher. L'année dernière, en novembre, après être allés en boîte, on s'est baladés en ville avec cinq ou six autres et à un moment, dans la rue Reichenbach, Christopher a marché dans une merde de chien et a alors essuyé sa chaussure sur la poignée d'une portière de voiture, avec un sale sourire en coin tout aussi répugnant que la merde de chien. Imaginez un peu : le matin, vous vous apprêtez à monter dans votre voiture et en ouvrant la portière vous vous retrouvez avec la main pleine de merde de chien. Si jamais cela devait un jour vous arriver à Munich, c'est que Christopher est passé par là ou quelqu'un d'aussi dérangé que lui. J'ai déjà pitié de la femme qui l'épousera un jour. Et de ses enfants. Pour un enfant, ça doit être assez terrible d'avoir un père comme Christopher. Espérons qu'ils n'auront jamais d'enfants.

Christopher et moi, on était dans le même groupe pour ce projet. On avait le sujet : "Blague à part : les blagues racistes et antisémites." Très drôle. Il nous fallait étudier comment les blagues xénophobes fonctionnent et sont diffusées. Leur "esthétique fasciste". Le genre de trucs ampoulés que notre prof d'allemand affectionne, mais à mon avis les blagues racistes ne répondent pas à un fonctionnement précis. C'est sûrement bien pire. Je crois qu'à l'époque, si cette blague horrible m'a fait rire, c'est parce qu'elle était *vraiment* drôle. Elle était si marrante qu'on était tout d'abord forcé de rire. C'était bien ça le plus horrible. C'est un peu comme quand Tom bégaie. Tom est mon meilleur ami et tout ça, on ne se disputera sans doute jamais de la vie et c'est pour moi l'une des personnes qui compte le plus au monde, mais, malgré tout, j'ai envie de rire quand il se met à bégayer. C'est tellement marrant quand il s'étrangle avec les satanées phrases qu'il essaie de s'extirper du gosier – quelqu'un en moi trouve cela à mourir de rire. Bien sûr, je ne ris jamais *véritablement*, mais j'ai vraiment énormément de mal à ne pas rire. Je crois que c'est aussi difficile pour moi de retenir mon rire que pour Tom de ne pas réussir à dire ce qu'il veut dire. Mon meilleur ami est là, devant toute la classe, à s'étouffer avec un mot qu'il n'arrive pas à sortir alors qu'il veut dire tant de choses, qu'il a tant de choses à dire, et moi j'ai envie de rire. Et en même temps j'ai envie de pleurer. A mon avis, c'est exactement pareil avec ces blagues. Elles donnent envie de rire et envie de pleurer. Parfois, ce sont vraiment de bonnes blagues, elles sont vraiment sacrément bien trouvées – et elles sont absolument horribles.

Ce que j'ai écrit dans ce chapitre jusqu'à présent, je ne l'ai évidemment pas écrit en une seule journée. Vu que la majeure partie du temps, je suis au lycée ou sur un court de tennis, et si je ne suis pas là-bas, c'est que je suis avec Karen. Parfois avec Karen et Tom. Et parfois avec des gens de la classe de Karen, à une terrasse. Bien sûr, Karen est déjà rentrée d'Italie maintenant. Hier, je l'ai à peine vue parce qu'on s'est beaucoup entraînés et que j'étais complètement crevé après. C'est la première fois de ma vie que je ne prends plus autant de plaisir à jouer au tennis. Jusqu'à présent, j'ai toujours pensé que je pourrais passer ma vie à jouer au tennis et maintenant, sur le court, je me dis par moments que je préférerais cent fois être ailleurs avec Karen. Ou jouer seul avec Karen. Mais il n'existe aucun tournoi où je pourrais jouer seul avec elle. Maintenant, je suis toujours le dernier à arriver à l'entraînement et le premier à partir. Et quand je joue, je pense tellement à Karen que je suis *presque* toujours à deux doigts de perdre et que je dois vraiment me ressaisir pour gagner.

Pour moi, le tennis a toujours été plus important que les cours, même si je viens d'une famille plutôt intellectuelle. Luisa, la meilleure de la classe, qui veut toujours être première en tout, m'a dit un jour, avant les vacances de Noël : "En fait, tu n'es bon qu'en anglais, en maths et en physique. Et d'ailleurs en anglais, tu n'es bon qu'à l'oral." C'est une fille plutôt sympa, en fait, mais elle a cette obsession débile de la réussite. Elle ne peut pas supporter que quelqu'un soit *devant* elle. "Et d'ailleurs en anglais, tu n'es bon qu'à l'oral." Dieu du ciel ! A quoi ça rime de dire une chose pareille ?

"Tu as oublié le tennis", lui ai-je alors répondu. Luisa est un peu grassouillette et pas du tout sportive. C'est une vraie vache en sport et si elle a de bonnes notes dans cette matière c'est uniquement parce qu'elle a de bonnes notes partout ailleurs et qu'ils ne veulent pas lui gâcher son bulletin. Si jamais

Luisa se paie un quatorze ou un douze dans une matière, elle fait une dépression nerveuse et prend immédiatement des cours de soutien.

Si je n'étais pas bon au tennis, il y a un événement que je n'aurais jamais vécu avec mon père, un événement qui nous manquerait à tous les deux – à lui comme à moi – même si nous ne pourrions alors le savoir. On aurait sans doute constamment le sentiment que quelque chose dans notre vie n'est pas exactement comme il se devrait. Quelques semaines avant mon départ aux Etats-Unis, mon père et moi, on est partis tous les deux en Italie passer quelques jours dans un hôtel pour jouer au tennis. On a déjà fait ça assez souvent ensemble, mais n'allez pas croire maintenant que mes parents sont le modèle classique de parents ambitieux et mordus de tennis qui, dès la naissance de leur enfant, l'attachent à une raquette et fondent une société anonyme, uniquement parce que leur fils ou leur fille a un peu de talent. Mes parents ne vont même pas voir les tournois auxquels je participe. Ils trouvent cela trop épuisant pour les nerfs, mais ils sont toujours très heureux quand je gagne.

Mon père m'a emmené dans cet hôtel près du lac de Garde parce qu'il voulait passer un peu de temps seul avec moi, avant que je quitte la maison. Le deuxième jour, on a remarqué sur l'un des courts un type qui jouait avec sa petite amie et n'arrêtait pas de la critiquer. Il devait avoir à peu près vingt-huit ans ou dans ces eaux-là, c'était un assez bon joueur et, apparemment, il trouvait que cela lui donnait le droit de couvrir sa petite amie de ridicule et de l'humilier devant tout le monde. Je regardais mon père et je sentais la colère monter en lui tout doucement, et quand le type en a eu fini avec sa petite amie – je veux dire, une fois qu'il l'a eu vraiment achevée – mon père s'est approché et a demandé au type s'il voulait faire un match avec lui.

Mon père aussi est un assez bon joueur, mais ce type de vingt-huit ans était sacrément bon, et ce n'est pas que mon père ait été dans un mauvais jour, qu'il ait fait trop chaud ou que mon père ait été trop vieux. Mon père n'aurait eu aucune chance de toute façon, même s'il avait été dans un bon jour, même s'il avait eu quinze ans de moins. Il n'était pas à la hauteur de ce type, voilà tout. Il n'aurait jamais pu battre ce singe, pas une fois dans toute l'histoire de l'humanité. Mon père était plutôt abattu à cause du match et, après le déjeuner, il est resté tout l'après-midi au bord de la piscine, tandis que je me débrouillais pour jouer contre ce type en fin de journée. Pendant le premier set, je l'ai laissé un peu languir en ne remportant chaque jeu que de justesse pour qu'il ne renonce pas, même en perdant 1 à 6. Et au deuxième set, je l'ai tout simplement liquidé. Juste avant la fin du match, j'ai aperçu mon père assis sur une chaise et qui nous observait.

On a passé la soirée installés à la terrasse d'un restaurant, au bord du lac. Mon père buvait un whisky et moi un cappuccino. Je le sais parce que chaque fois que l'on s'installe ensemble à une terrasse mon père boit un whisky et moi un cappuccino. Un musicien italien mielleux qui jouait de l'orgue Hammond en costume blanc a chanté pour commencer quelques mélodies italiennes mielleuses, puis six ou sept chansons des Beatles qu'on pouvait à peine reconnaître sous tant de miel. C'était vraiment très romantique, il y avait des bougies partout et, plus loin, au bord de l'eau, des gens se promenaient tranquillement, comme s'ils avaient justement été créés pour se promener à cet endroit. Comme s'ils n'avaient jamais rien fait d'autre et comme s'ils n'avaient pas non plus l'intention de faire un jour quoi que ce soit d'autre. Mon père et moi parlions sûrement des Etats-Unis. Je ne m'en souviens plus, mais il y a de fortes chances pour qu'on ait parlé des Etats-Unis. Il faisait déjà sombre. Tout à coup, on a vu passer ce type avec sa petite amie. Ils se promenaient étroitement enlacés comme un couple d'amoureux, mais, mon père et moi, on savait que ce n'était pas un couple. Quand on ne les a plus vus, mon père a lancé très calmement dans la nuit : "Parfois, rien de tel qu'une bonne petite vendetta italienne." J'ai senti qu'il était très fier de moi. Il était vraiment heureux de m'avoir. Heureux que j'existe. C'est vraiment un sentiment fou de se rendre compte que quelqu'un est heureux juste parce qu'on existe. Je veux dire, à ce moment-là, au bord du lac de Garde, j'étais vraiment sacrément heureux que, mon père et moi, on se soit rencontrés sur cette terre. Cela aurait pu se passer autrement. J'aurais pu avoir un autre père. Ou lui un autre fils.

III

Voilà, vous en savez maintenant assez sur mon père. Dans ses bons jours, c'est plutôt quelqu'un de bien. Je veux dire, quand il n'est pas justement en train de lancer son rond de serviette à la tête de son fils cadet, c'est le plus gentil des hommes. Bon, je sais bien qu'il ne m'a pas lancé son rond de serviette à la tête, il l'a seulement balancé sur la cloison de verre du séjour, mais, en vérité, il me l'a lancé à la tête. Il voulait me toucher sans me viser.

C'est un peu comme avec notre bible familiale. Depuis 1867, notre famille possède une bible protestante (alors que nous sommes tous catholiques ; enfin, sauf ma mère), et chaque membre de la famille, le jour de son trentième anniversaire, peut y inscrire ce qui lui paraît important. Ou bien quelque chose qui le caractérise. Chacun de nous peut inscrire quelque chose le jour de son trentième anniversaire et encore une autre fois, plus tard. Il y a des gens qui ne figurent pas dans la bible parce qu'ils n'ont jamais atteint les trente ans et d'autres qui ne voulaient rien y inscrire, et mon père, quand il a eu trente ans, a écrit : *Un an après que j'eus quitté l'équipe, l'aviron sur lequel je ramais remporta les championnats nationaux, catégorie junior. Ce fut le plus grand exploit sportif de ma vie.* Carrément, dans la bible familiale !

Je n'étais pas encore né à l'époque, mais mon frère Benjy avait sept ans et il se souvient encore de la petite révolution que cela avait provoqué dans la famille.

Quand on lit toutes ces inscriptions, notre bible familiale donne l'impression d'être comme un film monumental. Ou une longue série d'épitaphes. Le 16 janvier 1941, le jour de son cinquante et unième anniversaire, mon arrière-grand-mère a écrit dans notre bible : *Je suis la femme d'un homme qui, sans y être obligé, envoie son fils à la mort pour "le Führer et la patrie". Je suis terriblement en colère. Dorénavant et pour le restant de mes jours, je lui parlerai le moins possible et ne ferai plus pour lui que le strict nécessaire.*

A mon avis, l'année 1941 n'a pas dû être des plus agréables pour notre famille.

Ma mère raconte parfois qu'avant elle était persuadée de ne pouvoir s'entendre qu'avec des gens issus de familles perturbées, mais, entre-temps, elle s'est rendu compte que toutes les familles sont perturbées. Enfin, sauf la nôtre, si l'on fait exception de mon père.

Un long chemin sépare mon arrière-grand-mère, qui n'a plus dit grand-chose après le mois de janvier 1941 et que je n'ai pas connue, de ma mère, qui n'accepterait jamais que l'on m'envoie faire quelque guerre que ce soit.

Il y a deux choses concernant ma mère que vous devez savoir : elle fait toujours des apparitions très remarquées et elle est très intelligente. Quand on part en vacances en voiture, on se fait arrêter deux fois à chaque frontière ou presque, parce que les douaniers veulent absolument contrôler la voiture dans laquelle se trouve ma mère. Ils ne font soi-disant que des contrôles au hasard, mais le calcul des probabilités et le physique de ma mère sont peut-être liés par un rapport particulier. Mon frère Benjy, qui a neuf ans de plus que moi, se faisait toujours un plaisir de raconter que dans les années 1970, quand il était petit, la police qui recherchait des terroristes les avait arrêtés quatre fois, lui et ma mère. A cause de tous ces types qui les encerclaient avec leurs mitraillettes, et comme les petits garçons sont toujours emballés par les armes, il avait chaque fois trouvé cela très excitant. Benjy ne part plus en vacances avec nous depuis bien longtemps. Maintenant, il vit à Londres, mais avant il racontait cette histoire presque à chaque frontière.

De toute façon, maintenant, avec les accords de Schengen, on peut circuler à l'intérieur de l'Union européenne sans se faire arrêter aux frontières. Mon père ne trouve pas ça bien – sauf sur un point : "Les accords de Schengen n'ont qu'un seul avantage, a-t-il dit récemment. On peut maintenant traverser l'Europe avec ta mère sans trop de problèmes."

Mais, évidemment, le physique de ma mère n'a pas que des inconvénients. D'ailleurs, on serait tous très déçus de ne pas être arrêtés si souvent à la frontière. Il y a quelques semaines, je suis allé avec elle dans un restaurant chinois. La serveuse était une Brésilienne vraiment superbe qui portait la minijupe la plus courte que l'on ait jamais portée au XXᵉ siècle. Je ne suis vraiment pas le genre de type obsédé qui fait des yeux de merlan frit et en présence duquel on ne peut pas porter une mini-jupe très sexy sans se faire reluquer, mais, là, je crois que j'ai reluqué la minijupe de la serveuse comme si j'avais passé les dix-sept dernières années dans une ferme, en compagnie de tracteurs et de vaches. Je ne pouvais plus détourner le regard. Si cette minijupe avait été plus courte, ne serait-ce que d'un centimètre, elle n'aurait même plus existé.

Quand la serveuse est revenue à notre table pour prendre la commande, ma mère l'a regardée atten-tivement, puis s'est abîmée dans la contemplation de l'ourlet de la minijupe. Elle souriait d'un air ironique et sans-gêne. Ma mère est douée : elle sait faire des sourires sans-gêne à n'importe qui, sans que cela devienne embarrassant.

Tandis que ma mère commandait notre repas à la plus courte minijupe du XXᵉ siècle, je regardais la Brésilienne dans les yeux parce que, avec les serveuses, quand elles prennent la commande, le contact passe quand même plutôt par les yeux. Ma mère observait l'ourlet de la minijupe et je m'oc-cupais du contact visuel. Dix minutes plus tard, la serveuse nous a apporté les plats, et puis elle s'est attardée à notre table et a dit à ma mère qu'elle avait l'impression de l'avoir déjà vue quelque part.

Est-ce qu'elle travaillait pour la télé ? Ou le cinéma ? C'est le genre de choses qui arrive assez souvent à ma mère. Les gens croient l'avoir déjà vue
quelque part. Au cinéma, à la télé ou sur un avis de
recherche. "Au Brésil, je saurais d'où je vous
connais, a dit la belle Brésilienne. Au Brésil, il y a
une *telenovela* dont l'actrice principale vous ressemble comme deux gouttes d'eau." Elle nous a
même donné le titre de la *novela* et le nom de l'actrice, mais je les ai oubliés. Je crois que la Brésilienne serait restée encore longtemps à notre table
si nous n'avions pas dû partir.

Si je vous raconte cela, c'est uniquement pour
que vous sachiez que ma mère fait vraiment des
apparitions très remarquées. Dans ce restaurant
chinois, elle a presque complètement paralysé le
service des autres clients. Si elle avait été terro-
riste, je crois qu'elle ne serait pas restée en liberté
bien longtemps. Une fois, l'hiver dernier, elle a pris
le métro vers cinq, six heures pour aller chez le
médecin avant de rentrer à la maison. Il faisait bien
sûr déjà nuit et quand elle est descendue du métro
un Noir l'a suivie. Il était derrière elle sur le quai,
se tenait juste derrière elle sur l'escalier roulant et,
une fois dehors, il a pris le même chemin qu'elle,
toujours sur ses talons. Elle avait l'impression
d'être suivie et elle était bien contente d'atteindre
l'immeuble du médecin, d'ouvrir la porte et d'entrer dans le hall. Mais le Noir est entré derrière
elle. Elle a traversé le hall jusqu'à l'ascenseur, a
ouvert la porte et s'est aperçue que la lumière de

l'ascenseur était en panne. A l'intérieur, c'était l'obscurité la plus totale. Au même moment, le Noir était déjà dans l'ascenseur avec elle. Ça a sûrement dû la paniquer, mais comme ma mère ne prend jamais la fuite devant personne, elle a souri au Noir et lui a dit : "Bon, si *vous* ne me faites rien, *je* ne vous ferai rien non plus." Ils ont donc pris l'ascenseur ensemble, plongés dans l'obscurité, et, bien sûr, ils avaient tous deux rendez-vous chez le même médecin.

C'était vraiment un drôle de hasard – parce que, la vérité, c'est que ma mère incite parfois certains hommes à faire des choses qu'ils ne font pas d'habitude. Il y a quelques jours, on est allés ensemble acheter les cadeaux d'anniversaire de mon frère Benjy. Ma mère voulait qu'il lise un livre allemand, pour une fois, et le libraire était tellement fasciné par ma mère qu'il a engagé avec elle un débat littéraire, juste pour pouvoir lui parler et la regarder plus longtemps. Au moment où elle s'était presque décidée pour un roman récent que le libraire lui avait d'ailleurs conseillé, celui-ci est soudain devenu très triste à l'idée que le temps qu'il lui avait été donné de passer avec ma mère s'était écoulé. Brusquement, il s'est mis à critiquer le livre qu'il venait juste de lui recommander.

"En fait, ce bouquin ne vaut rien, il n'a pas de consistance. Et il est bourré de clichés, a-t-il dit, une vraie compilation de lieux communs.

— Ça ne fait rien, a dit ma mère. Les lecteurs et les critiques littéraires feront de toute façon bouillir le tout pour arriver aux clichés qu'ils ont eux-mêmes en tête. Pourquoi ne pas leur épargner cette peine ? Parmi les écrivains, il y en a justement certains qui fournissent directement leurs clichés à ce type de lecteurs."

Le libraire était épaté.

"Cela dit, a continué ma mère, mon fils ne fait pas partie de ces bouilleurs de clichés. Je vais prendre autre chose. Je vais prendre *Le Chat et la Souris* de Günter Grass."

Et comme elle savait que le libraire voulait discuter encore un peu avec elle, ma mère a dit :

"Les gens qui n'aiment pas Günter Grass disent toujours que *Le Chat et la Souris* est son meilleur livre. Ils veulent dire par là que, pour des projets de plus grande envergure, il n'est pas à la hauteur. Mais, son meilleur livre, c'est bien sûr *Le Tambour*."

Le libraire était maintenant complètement sous le charme. Cela faisait une demi-heure qu'il s'entretenait avec la plus belle femme ayant jamais pris la défense du *Tambour*. Il y a peu de libraires qui pourraient en dire autant, et ma mère, pour conclure cette superbe demi-heure, a dit :

"Déclarer que *Le Chat et la Souris* est le meilleur livre de Günter Grass, c'est comme prétendre que *Le Milieu de la vie* est le meilleur poème d'Hölderlin, même si cela reste bien évidemment un très bon poème. Mais il pourrait aussi s'agir d'un simple coup de chance. Un coup de chance en plein malheur ou plutôt même issu de ce malheur. Mais un coup de chance quand même. Tandis qu'*Heidelberg*, par exemple, n'a absolument rien d'un coup de chance. C'est bel et bien un poème de premier ordre. Tout comme *Le Tambour* est un roman de premier ordre." Ensuite, on s'est dépêchés de quitter le magasin avant que le libraire n'ait le temps de demander ma mère en mariage. Elle n'aurait pas voulu le décevoir.

Benjy recevra donc la semaine prochaine *Le Chat et la Souris*, comme cadeau d'anniversaire. Et une veste en cachemire marron clair. Il aura vingt-six ans la semaine prochaine. Cela vous étonne sans doute que, chez nous, ce soit l'aîné qui s'appelle Benjamin et non pas moi, le plus jeune. Mais quand Benjy est né mes parents ont cru qu'il n'y aurait pas de suite. Et puis je suis quand même arrivé, neuf ans après.

Benjy est danseur et il vit à Londres. Devenir danseur était son plus grand rêve, la seule chose qu'il désirait vraiment, et aujourd'hui il vit à Londres et il a le sida. Chaque fois que j'y pense, je pourrais donner des coups de pied dans les murs. Maintenant, il est assistant metteur en scène parce qu'il ne faut plus qu'il danse. C'est soi-disant trop fatigant. Trop fatigant ! En sport, Benjy était le meilleur de son lycée. Je veux dire, il n'était pas juste le meilleur de sa classe, de son année, ou le meilleur aux épreuves du bac. Il était le meilleur. Le meilleur de toute l'histoire de son lycée, qui se trouve par hasard être aussi le mien. Personne dans ce lycée n'a jamais fait un meilleur temps au cent mètres, personne n'a jamais sauté plus haut, et sans doute jamais aucun lycéen n'a marqué au basket autant de paniers que mon frère. Dans le hall, ils ont mis une plaque avec les douze meilleurs sportifs du lycée depuis sa création et Benjy est tout en haut. Et maintenant, il doit jouer l'assistant metteur en scène parce que les médecins pensent que danser le surmènerait. Chaque fois que j'y pense, je pourrais vraiment donner des coups de pied dans les murs.

Ma mère va à Londres à peu près une fois par mois et mon père doit de toute façon s'y rendre régulièrement. Moi, je n'y vais jamais. J'attends chaque fois que Benjy vienne à la maison pour Noël. Quelques semaines après qu'il eut appris la nouvelle – et nous aussi –, c'était l'anniversaire de ma mère. Il lui a envoyé un châle de soie jaune et une carte sur laquelle il n'avait écrit que deux phrases : *I carry your heart (I carry it in my heart).*

La maladie de Benjy est comme une bombe atomique silencieuse qui exploserait constamment. On la voit exploser, même si on ne la sent pas encore. Mais on sait qu'on va la sentir. Elle est toujours là. Elle est là quand ma mère prend la défense du *Tambour* et que du même coup on la demande presque en mariage, et elle est encore là quand ma mère sourit à l'ourlet d'une minijupe d'un air aussi débauché que l'héroïne d'une *telenovela* brésilienne. Elle est toujours là. Elle est là quand je joue une balle de match et elle est là quand je pense à Karen. Et elle est encore là quand je suis avec Karen.

Hier soir, on était à la terrasse du glacier avec Karen et, tout à coup, elle a eu ce sourire tordu qui lui donne l'air d'avoir un grand-père qui aurait inventé le chewing-gum et d'être la première à tester son invention. On dirait alors que la première bulle de chewing-gum rose de l'humanité vient tout juste d'exploser sous son nez. Et quelqu'un fait "Ouaouh !" et le "Ouaouh !" reste en suspens, exactement à l'endroit où se trouvait la bulle de chewing-gum rose, sauf que le "Ouaouh !" grossit jusqu'à devenir bien plus gros qu'une bulle de chewing-gum ne saurait jamais l'être. Karen est toujours très belle dans ces moments-là, d'abord parce qu'elle est de toute façon toujours très belle et aussi parce que avec ce sourire tordu on a le sentiment qu'elle vient d'une famille un peu dérangée, dans laquelle l'un des grands-pères s'employait déjà à inventer des machins roses inutiles. Et hier, à la terrasse du glacier, j'ai failli tomber de ma chaise quand elle m'a souri comme ça. C'était vraiment fou : je ne tenais plus sur ma chaise tellement j'étais heureux et puis, tout d'un coup, Benjy était là, et dans ma tête résonnait sans interruption *Benjy-BenjyBenjyBenjy* et j'aurais voulu qu'il puisse être assis sur cette chaise à ma place, ou au moins à côté de moi, j'aurais voulu qu'il puisse être aussi heureux que moi.

Ma mère a pris une drôle d'habitude ces derniers temps. Depuis peu, elle emploie constamment deux mots que Benjy répète à tort et à travers et que personne d'autre n'emploie dans la famille.

Elle dit maintenant assez souvent *divin* quand quelque chose lui plaît. Ou alors *ravissant*. Ça ne passe pas vraiment inaperçu. Je crois qu'elle fait cela pour retenir Benjy. Elle dit à un collègue ou à n'importe qui d'autre, comme ça, en passant, qu'elle trouve une chose *divine*, et en réalité elle retient Benjy et personne ne s'en rend compte.

Un jour, Benjy m'a dit : "Tu sais, la plupart du temps, les pédés sont camionneur, chauffeur de bus, soldat, manager ou moine et, chez eux, on ne le remarque pas ; il n'y a que nous, pédés de la culture, qui remuons les fesses sans arrêt, parlons d'une façon particulière et employons des mots qu'un moine ou un chauffeur de bus n'emploieraient jamais. Nous autres, pédés de la culture, nous remuons même les fesses en parlant." Mais lui-même n'est pas dans ce cas-là. Pour ça, Benjy est comme un chauffeur de bus, mis à part ces deux mots justement – *ravissant* et *divin*. Maintenant, à Londres, il doit certainement toujours dire *divine*.

Ma mère trouve que Benjy est un danseur *divin*. Avant, elle aurait dit un *sacré bon danseur*. Moi, je ne peux pas juger parce que la danse classique ne me fait aucun effet, et Benjy n'a d'ailleurs jamais attendu de moi que je partage ses goûts, même si ça m'est parfois arrivé. Quand il était plus jeune, il n'était pas aussi tolérant. Je ne sais pas pendant combien de milliers d'heures j'ai dû, la nuit, écouter les nouvelles qu'il écrivait et que je ne comprenais pas encore parce que j'étais trop petit. Il me les a toutes lues. La dernière nouvelle qu'il m'a lue racontait l'histoire d'un jeune homme qui attend à un arrêt de tramway quelqu'un qui ne vient pas, et le jeune homme se transforme en châtaignier. C'était une histoire très triste, mais elle était aussi très belle, et Benjy me l'a offerte pour mon treizième anniversaire. Cette histoire me plaît plus que tous les ballets que je l'ai vu danser. A une exception près.

Un soir de juin, quand j'avais quatorze ans, je suis rentré assez tard à la maison après avoir joué au tennis. Parfois, j'aime bien jouer quand il commence à faire nuit, que les autres courts sont déjà tous déserts et que l'on ne voit plus vraiment les balles. Elles ont alors quelque chose de vaguement mystérieux. Elles ne sont plus que l'ombre des balles et l'on se sent devenir magicien. Evidemment, il ne faut jamais perdre la balle de vue, mais avec cet éclairage il faut être encore plus vigilant, même lorsque l'on ne distingue plus vraiment la balle, car sans cela on est fichu.

Ce soir-là, en juin, quand j'avais quatorze ans, on avait joué assez tard et, après m'être douché, je suis rentré seul à la maison, et quand je suis arrivé à une centaine de mètres de chez nous j'ai vu Benjy dans la rue, au loin, peut-être à cent cinquante mètres de là, qui rentrait lui aussi. Il m'a vu à peu près au même moment et il s'est avancé lentement, et en même temps de plus en plus vite, il est venu à ma rencontre comme quelqu'un qui deviendrait de plus en plus ténu et je me suis alors aperçu qu'il dansait. Il s'est avancé vers moi en dansant sur le trottoir, de plus en plus impalpable, il n'était plus tout à coup qu'à quelques mètres de moi et il est entré en moi en dansant, comme si je n'étais pas là. Ou plutôt : comme si j'étais en même temps présent et absent. Comme si j'étais une porte que l'on franchit.

Si Benjy meurt avant d'avoir trente ans et qu'il ne peut rien écrire dans notre bible, j'écrirai quelque chose pour lui le jour de mon trentième anniversaire. J'écrirai pour lui ce qu'il a écrit pour ma mère : *I carry your heart (I carry it in my heart)*. On aura alors déjà bien entamé le prochain millénaire !

Maintenant, tandis que j'écris ces mots, assis dans ma chambre, j'entends de nouveau résonner inlassablement dans ma tête *BenjyBenjyBenjy-Benjy*, et je voudrais que tout recommence encore une fois, même les mauvais jours, même les moments où les choses commençaient mal, puis se transformaient en autre chose. Comme le jour où Benjy et mon père ont mené l'un de leurs célèbres bras de fer. Benjy avait dix-neuf ou vingt ans et on était à table tous ensemble. Il y a chez nous une règle fondamentale qui interdit de se disputer pendant les repas, mais nos repas s'éternisent toujours et l'on parle toujours beaucoup. Du coup, il est parfois difficile d'éviter qu'une dispute ne commence. Et à un moment, ce jour-là, la dispute entre mon frère et mon père était en fait déjà passée. On était tous bien tranquilles et Benjy, tout d'un coup, a lancé à mon père, au beau milieu de ce calme : "Il n'y a que quatre personnes au monde qui peuvent vivre avec toi." Mon père voulait immédiatement répliquer, mais Benjy a continué : "Et tu n'as encore rencontré aucune d'entre elles."

Oh là là ! Je n'avais encore jamais vu mon père dans cet état. Au début, il a eu l'air de vouloir répliquer, mais même moi, qui étais encore jeune à l'époque, j'ai vu combien il était *fier* de son fils tout à coup. Fier que son fils sache dire des choses pareilles. Il me semble qu'il avait envie d'une chose : le prendre dans ses bras. Et maintenant que j'y pense, je crois bien qu'il l'a fait. Non, non, notre famille n'est pas du tout perturbée. Parfois, même mon père manque d'inspiration.

La semaine dernière, j'ai attendu dans le hall du lycée parce que Karen finissait plus tard. J'étais debout devant la plaque des meilleurs sportifs du lycée et je lisais et relisais tout en haut, à la première place, le nom de Benjy. Et tout d'un coup, Karen a surgi derrière moi et a dit tout bas : "Tu pourrais le dépasser." Et j'ai répondu : "Mais je ne le dépasserai pas."

Karen comprend cela. On n'a pas besoin de lui expliquer ce genre de choses pendant des heures. Récemment, je suis allé me promener au parc avec elle, un soir, et à un moment un type de notre lycée et sa petite amie nous ont dépassés en courant. Le garçon courait huit ou dix mètres devant la fille. Il courait exactement à la même allure qu'elle, mais dix mètres devant, pour que tout le monde dans le parc sache qu'en réalité il pouvait courir beaucoup plus vite et n'était pas obligé de suivre le rythme d'escargot d'une nana. C'est vraiment idiot parce que le mieux, dans le jogging, c'est quand on peut discuter avec l'autre, et d'ailleurs les types qui font ça ne courent même pas plus vite que les filles qui les suivent, toutes seules, comme des petits chiens.

"Ça, c'est la meilleure !" a dit Karen quand le couple fut passé. Elle remarque immédiatement ce genre de choses. Et elle saisit plus du monde qui l'entoure que tous les gens que je connais, excepté ma mère peut-être. Vendredi soir, quand on est allés dans ce petit bar avec quelques élèves de sa classe, au moment où on partait, on a vu un clochard qui tournait au coin de la rue avec le vélo de Karen. Il avait forcé le cadenas et s'en allait avec le vélo. Je voulais lui courir après, lui reprendre le vélo et peut-être le frapper ou quelque chose comme ça. A vrai dire, je ne sais pas trop ce que j'allais faire car on ne peut quand même pas frapper un clochard. Et je ne sais pas non plus exactement ce qui s'est passé parce que Karen n'a même pas dit : "Laisse-moi faire." Elle a juste été un peu plus rapide que moi et quand elle est arrivée près du clochard elle lui a dit très doucement et très poliment : "Excusez-moi, mais c'est mon vélo." Et le clochard l'a regardée et a dit très poliment : "Oh, c'est votre vélo ??!!! Je suis désolé." Et il lui a rendu le vélo. Il n'était pas embarrassé le moins du monde. Je veux dire, apparemment, il n'avait absolument pas mauvaise conscience. Il était simplement désolé d'être tombé sur le mauvais vélo.

Excusez-moi, mais c'est mon vélo ! C'est incroyable ! Parfois je n'arrive pas à comprendre comment elle fait ça. Et moi qui étais déjà sur le pied de guerre ! Karen est vraiment comme ma mère. *Si vous ne me faites rien, je ne vous ferai rien non plus.* Elle ressemble vraiment à ma mère.

IV

Je suis rentré chez moi il y a tout juste une heure. Karen est venue à vélo nous chercher, Tom et moi, à la sortie de l'entraînement. On a longé l'Isar en pédalant tranquillement et en discutant. Ensuite, Tom a dit qu'il avait encore un truc à faire pour le lycée (à mon avis, ce n'était pas vrai ; il voulait juste nous laisser seuls), et avec Karen on est allés manger une glace. J'ai toujours bien aimé les glaces, mais je n'aurais jamais pensé qu'un glacier puisse devenir si important pour moi. Maintenant, on y va au moins une fois par jour, ou presque.

Ça va être bizarre en octobre, quand le glacier va fermer. Les gens qui y travaillent ferment toujours courant octobre et retournent en Italie pour l'hiver. Entre-temps, il y a un autre magasin temporaire qui s'installe pour vendre des jouets bon marché et des décorations de Noël, et puis, dès que Noël est passé, ils vendent des articles pour le Nouvel An, des pétards, des fusées et tout ça, et, après, ils vendent des trucs pour le carnaval – des masques, des parures d'Indiens, des vêtements de toutes les couleurs et du maquillage, et ensuite la boucle est bouclée : vers le 15 mars, le glacier revient s'installer pour un nouvel été.

Après la glace, j'ai raccompagné Karen jusque chez elle, vu que c'est à peine à quelques centaines de mètres de chez nous, et puis je suis rentré moi aussi. J'ai laissé mon vélo dans l'arrière-cour et je suis monté au troisième. Il n'y avait encore personne à la maison, à part Lula, bien sûr, qui me tournait autour en ronronnant. Mon père était sorti boire un verre avec des amis et ma mère reste parfois un peu plus tard à l'institut. Ma mère est physicienne. Elle travaille sur les applications des rayons laser et des faisceaux d'électrons.

J'ai donné à manger à Lula et j'ai suspendu mes affaires de tennis trempées de sueur. Ensuite, je suis allé dans le séjour et j'ai appelé Karen.

"Salut, tu es bien rentrée ? ai-je dit.

— Guignol", a-t-elle fait.

Et puis elle a dit : "Un type du lycée m'a raccompagnée chez moi il y a environ dix minutes. Un garçon *plutôt* sympa."

J'aime bien quand elle me traite de guignol. Elle avait encore quelque chose à régler avec sa mère, on n'a pas pu se parler très longtemps, alors j'ai allumé la télé pour m'abrutir un peu devant le spectacle du monde. J'ai zappé sur toutes les chaînes et je me suis finalement arrêté sur un film : au bout d'une demi-heure, le type qui jouait le rôle principal a perdu une partie d'échecs contre un ordinateur. La femme qui était près de lui l'a alors regardé avec de grands yeux et a dit : "Pourquoi les ordinateurs sont-ils beaucoup plus intelligents que les hommes ?"

Et le type a regardé la femme avec de grands yeux et a dit : "Parce que les ordinateurs n'ont pas de sentiments."

Evidemment, il lui a dit ça uniquement pour l'attirer dans son lit. Lui et son scénariste se fichaient sans doute complètement de savoir que les ordinateurs sont plus intelligents que les hommes. J'ai tout de suite éteint. Parfois, je me dis que les gens de la télé et du cinéma ne sont là que pour se foutre de nous. Même s'ils avaient des sentiments, les ordinateurs seraient plus intelligents que les hommes. Ils sont tout simplement capables de piger une quantité de choses en un rien de temps. Bien plus qu'on ne le pourra jamais. Le type aurait de toute façon perdu contre l'ordinateur, même si l'ordinateur avait eu dix fois plus de sentiments qu'il n'en faut pour attirer quelqu'un dans son lit. La différence, c'est que les ordinateurs n'ont pas de *vécu*. Pour eux, ce serait sûrement un dur moment à passer s'ils s'en rendaient compte. S'ils savaient qu'ils n'ont aucun vécu. Sans doute qu'ils se détruiraient spontanément, comme des fusées lors d'un lancement raté. Dans le film, les deux personnages se comportaient comme des imbéciles depuis le début. Et même s'ils n'avaient eu aucun sentiment, ils n'auraient pas été un poil plus intelligents.

Cela fait déjà un petit moment maintenant que je suis devant mon ordinateur à écrire ça. Et après, quand j'aurai fini, j'écrirai encore à Karen une lettre que je lui donnerai demain matin en passant la prendre. Je passe la prendre devant chez elle tous les matins à sept heures et demie pour aller en cours et, sur le chemin, je lui donne la lettre que je lui ai écrite la veille au soir. Elle la met dans son sac à dos et me donne la lettre qu'elle m'a écrite. Et je mets sa lettre dans mon sac à dos. C'est un rituel très agréable. J'ai presque l'impression que l'on s'y prête depuis quelques milliers d'années.

C'est bizarre – même si je n'écris pas très bien et même si j'ai une écriture épouvantable, je préfère de loin écrire des lettres que de téléphoner. C'est peut-être de famille. Pendant mon séjour aux Etats-Unis, on ne s'est téléphoné que deux ou trois fois avec mes parents. C'est vraiment bizarre parce que d'habitude on discute énormément, mais quand on n'est pas ensemble on préfère s'écrire que de se téléphoner ; et ce qui est marrant avec les Etats-Unis, c'est que c'est presque toujours mon *père* qui m'a écrit. Ma mère n'a pratiquement jamais écrit. Je me souviens de la première fois où mon père a parlé de Tiffany dans une lettre. Il disait à peu près : "J'ai remarqué dans tes dernières lettres qu'en dehors de Ray, Teresa et Cary, il est bien souvent question d'une personne du nom de Tiffany. Tiffany ! Seigneur Jésus ! Je parie qu'elle est blonde aux yeux marron et qu'elle porte la plupart du temps des pull-overs roses. Ou alors elle a un anorak rose avec un col en fourrure blanche, je me trompe ?"

Pour les cheveux blonds, il est tombé à côté, mais, sinon, c'est vrai que Tiffany a un tas de fringues roses dans sa penderie. D'où est-ce que mon père peut bien savoir ce genre de choses ? Pour les lettres qu'il m'envoyait aux Etats-Unis, mon père utilisait le plus souvent le papier à lettres de la clinique parce qu'il est toujours très occupé et qu'il profitait parfois d'une petite pause pour m'écrire quelques paragraphes. Voilà encore une autre bizarrerie de notre famille : chaque génération compte un médecin, toujours dans la branche opposée à celle qui avait déjà un médecin. Enfin, ça marche comme ça : mon père est médecin et dans la génération précédente c'est ma grand-mère qui est médecin – la mère de ma mère, et avant c'était l'inverse, et encore avant dans l'autre sens. Karen aussi veut devenir médecin. Ça tombe très bien, je trouve. Et puis il y a encore autre chose qui tombe bien. Chez nous, les gens qui sont ensemble viennent toujours de directions opposées. Quelqu'un qui vient du sud tombe amoureux de quelqu'un qui vient du nord, comme pour mes parents, ou alors quelqu'un de l'Est trouve quelqu'un à l'Ouest. Moi, je viens du sud et Karen de Hambourg. Sa mère a déjà habité à Munich il y a des années, mais elles viennent de Hambourg. Et puis je suis allé à l'ouest, en Californie, où habite Tiffany. Pour Benjy, je n'en sais rien, mais il est à Londres, et Londres, c'est au nord.

Benjy ne m'a écrit que deux fois pendant que j'étais aux Etats-Unis. La première fois en décembre, quand il m'a envoyé le journal de Franz Kafka pour Noël, et après, seulement en mai, pour mon anniversaire. Je suis né le 16 mai. Benjy m'a envoyé une carte postale qui représente un tableau de Van Gogh. Sur le tableau, on voit la chaise de Van Gogh et, sur la chaise, il y a une pipe et quelque chose qui ressemble à une blague à tabac ou à un mouchoir plein de brins de tabac. Au dos de la carte postale, Benjy a écrit un poème :

> *Vincent, hé*
> *Vincent ! Tu as*
> *sur la chaise*
> *oublié ta pipe !*

Depuis mai dernier, je me sers toujours de cette carte postale pour marquer la page des livres que je suis en train de lire. La carte est arrivée à Williamsburg juste le jour de mon anniversaire et il se trouve que c'était aussi l'un des plus beaux jours de ma vie, même si une semaine après environ j'ai vécu l'un des jours les plus horribles de ma vie. Mais mon anniversaire était absolument génial : les élèves de ma classe sont venus me chercher le soir, soit avec leur propre voiture, soit avec celle de leurs parents, et ils ont klaxonné jusqu'à ce que je sorte, puis je suis monté dans la voiture de Tiff et on est tous allés chez elle, car on avait prévu de faire la fête au bord de la piscine. Ses parents avaient cette piscine géante, vous savez. Tous les gens que j'aimais étaient là, Ray avait amené son groupe et on a fait un barbecue géant, on a dansé et évidemment, au milieu de la soirée, ils m'ont balancé tout habillé dans la piscine et je me suis promené le reste du temps avec un bermuda du père de Tiff et une chemise hawaïenne. J'avais l'impression d'être le propriétaire d'une piscine aussi grande qu'une station d'épuration. Evidemment, on n'a pas bu d'alcool parce que les parents de Tiff étaient là et que les Américains ont une peur viscérale de l'alcool. Mais si les parents de Tiffany n'avaient pas été là, la plupart des gens auraient sans doute pris une cuite mémorable. C'est exactement comme chez nous. Je suis sûr que la moitié des gens de ma classe boit plus d'alcool en un week-end que moi en un an. Aux Etats-Unis, c'était exactement pareil, sauf que les Américains ont peur de l'alcool. A mon avis, les Américains, pour la plupart, ont une peur panique de deux choses – de l'alcool et d'être homo. Chez nous, quand on marque un panier au basket ou quand on gagne un match, on se jette au cou les uns des autres et on se fait de grandes embrassades. Aux Etats-Unis, les jeunes ne font pas ça. Si jamais on se jette à leur cou dans un moment de joie, ils pensent tout de suite qu'on est homo. Et ils se bloquent complètement. A la gare routière de San Francisco, il y a des toilettes pour hommes avec un nombre impressionnant de petites cabines séparées et, au centre de chacune des portes, il y a un judas pour que l'on puisse toujours jeter un œil à l'intérieur des cabines et voir ce qui se trame derrière la porte. Et une fois, à la plage, je suis allé dans des toilettes où les cuvettes étaient alignées les unes à côté des autres sans cloison pour les séparer. Il n'y avait pas de cabine individuelle, les cuvettes étaient disposées dans cette grande pièce comme pour une exposition de mauvais goût. C'était vraiment déplaisant, l'une des rares choses vraiment déplaisantes que j'ai vues aux Etats-Unis – ils préfèrent chier les uns à côté des autres sans être séparés par des cloisons plutôt que de risquer qu'on les soupçonne d'être homos.

Mais ça n'a rien à voir avec mon anniversaire. Le jour de mes dix-sept ans ressemblait à ce que je pourrais me représenter sous le nom de paradis, si je cherchais sérieusement à me représenter une chose pareille. Je ne savais pas encore que les parents de Tiff avaient sans doute déjà décidé de m'envoyer au diable. Ils ont dit bonjour à tout le monde et m'ont offert pour mon anniversaire deux boîtes de balles Slazenger "pour l'année prochaine à Wimbledon". Vraiment très gentil. "Il faudra qu'on se fasse une partie, un jour", m'a dit le père de Tiffany. Je veux dire, il savait sûrement déjà qu'ils voulaient nous séparer, Tiff et moi, mais il a dit malgré tout : "Il faudra qu'on se fasse une partie un jour." Il s'est vraiment donné du mal pour ne pas me gâcher mon anniversaire, il faut le reconnaître. Tiff m'a offert une écharpe à rayures noir et rose et *Trinity Session*, un CD des Cowboy Junkies avec leurs meilleurs morceaux, *Sweet Jane*, *Blue Moon Revisited* et *Misguided Angel*, qui s'achève sur *Misguided Angel – love you till I'm dead*, et quand on n'était plus ensemble, Tiff et moi, je pensais tout le temps que c'était impossible, je pensais tout le temps *love you till I'm dead* et que toute cette histoire était impossible. Je pensais sûrement encore ça le jour où Karen et moi avons bluffé les skinheads.

Vers onze heures, à l'heure où la fête devait plus ou moins se terminer, Teresa, Myra et Cary sont sorties rejoindre le groupe de Ray et ils ont chanté tous ensemble quelques chansons des Beatles. A la fin, Myra et Ray ont chanté *Lucy in the Sky with Diamonds* et, tout d'un coup, ils ont changé les paroles et chanté *Vincent in the Sky with Tiffany*. C'était vraiment dingue. Ils étaient obligés de déformer les paroles parce qu'elles ne vont pas avec l'air, mais ils y parvenaient. Tous les invités s'étaient réunis autour d'eux et applaudissaient. Je ne sais pas si les parents de Tiffany étaient aussi sous la véranda et s'ils applaudissaient, mais je ne pense pas.

Tiff m'a ramené chez moi après la fête. Elle est descendue de voiture et m'a raccompagné jusqu'à la porte d'entrée. A l'intérieur, tout était déjà sombre et on n'a pas dit grand-chose pour ne réveiller personne. On regardait simplement la nuit. Tiffany était si belle que j'avais le vertige chaque fois que je la regardais. Ce n'était sûrement pas la même chose pour elle. Ou du moins, j'ai du mal à imaginer que quelqu'un puisse avoir le vertige rien qu'en me regardant. Ou en regardant n'importe quel autre garçon. Ou n'importe quel homme. A mon avis, il n'y a rien chez les hommes qui pourrait donner le vertige aux femmes. Je me souviens même de ce que j'ai pensé à ce moment-là – devant la porte d'entrée. J'ai pensé que si j'étais une fille je serais lesbienne parce que les garçons ne me passionneraient sûrement pas. J'aurais vraiment aimé dire à Tiff : "Si j'étais une fille, je serais une sacrée lesbienne", mais j'ai finalement préféré me taire parce qu'elle aurait peut-être mal compris. Tiff n'est pas seulement Tiff, c'est aussi une Américaine.

Il m'arrive parfois de ne vraiment pas comprendre ce que les filles peuvent trouver aux garçons. Les garçons ne sont pas beaux. Je veux dire, ils peuvent parfois être pas trop mal, mais il n'y a rien chez eux qui pourrait faire perdre la tête à qui que ce soit. Et les garçons ne sont pas non plus particulièrement intéressants. Ce n'est évidemment pas le cas de Tom, de Benjy ou de Ray, mais de presque tous les autres. Et quand, pour une fois, ils ont vraiment quelque chose d'intéressant à dire, alors ils crânent comme c'est pas permis. Je trouve que les garçons n'ont vraiment rien de spécial. Je crois sincèrement que si j'avais été une fille j'aurais été lesbienne.

Peut-être que c'est un peu comme ça pour Benjy. Benjy est peut-être en réalité une femme qui est devenu un garçon et c'est pour cette raison qu'il préfère les hommes. Mais je ne crois pas, en fait. Je suis incapable de comprendre pourquoi quelqu'un, *qui que ce soit*, devrait préférer les hommes. Ils n'ont vraiment absolument rien d'attirant. Sauf peut-être pendant de très courts instants. Quand j'avais douze ans et qu'on s'amusait à se boxer avec Tom, c'était parfois le cas. Quand on se bagarrait, il arrivait que je le serre très fort contre moi et qu'il fasse la même chose. Se serrer l'un contre l'autre était en fait beaucoup plus important que de se battre ou de gagner. On se roulait par terre dans un champ et on n'arrêtait plus de se bagarrer. Karen appelle ça "bringuebaler". Mais c'était quand on avait douze ans. Maintenant, je peux bringuebaler avec Karen jusqu'à en perdre la tête. Avec Tom, en revanche, ça ne marche plus. Aucun de nous n'en aurait envie.

Tom est mon meilleur ami, je suis toujours terriblement heureux de le voir et c'est avec lui que je préfère jouer au tennis, mais il ne me fait pas perdre la tête. Avec les filles, on peut parfois vraiment perdre la tête rien qu'en les regardant. Même si on ne les connaît pas. On peut perdre la tête en regardant n'importe quelle fille dans la rue. Parce qu'elles peuvent être incroyablement belles. Seulement, tout peut parfois changer en une seconde. Je me souviens, il y a deux ans, j'attendais quelqu'un devant la gare, et il y avait aussi là une femme magnifique, peut-être vingt-cinq ans, tout habillée de noir, très bien maquillée, avec des jambes interminables et de hauts talons. *The works*, comme disait toujours Ray. La totale. Elle faisait les cent pas devant la gare, s'arrêtait parfois et regardait du côté de la rue Schiller. Je ne la quittais pas des yeux. Je devais sans doute avoir une expression particulièrement bête. Mais je ne pouvais pas faire autrement que de la regarder. A un moment, elle s'est dirigée vers l'une des portes d'entrée vitrées et un jeune homme, sans doute tout aussi fasciné que moi, s'est avancé et lui a ouvert la porte. Elle est passée, sans plus. Je veux dire, elle n'a pas regardé le jeune homme, n'a pas souri ni remercié : elle est tout simplement passée en regardant droit devant elle avec l'obstination d'un tracteur et, tout d'un coup, elle a vraiment eu l'air d'une idiote. Elle ne pouvait vraiment plus séduire personne. Elle n'était plus qu'un tracteur très maquillé.

Imaginez un peu, vous êtes amoureux de quelqu'un qui, tout d'un coup, franchit le seuil d'une porte et se transforme alors en tracteur, maquillage et talons inclus. Ce doit être à peu près la même chose que de se lier d'amitié avec Christopher avant de savoir où il essuie ses chaussures ou avant d'apprendre que mettre le feu aux toilettes est son passe-temps favori.

V

Cette semaine, on a séché les cours pendant deux jours, Karen et moi. On a vraiment peu de temps parce que je dois m'entraîner énormément pour les prochains tournois. Le mercredi matin, on est tout simplement montés dans un bus et on est partis. On s'est ensuite installés dans un café et, plus tard, on a pris un autre bus. A midi, on a mangé une pizza à une terrasse, à Bogenhausen. Il faisait très chaud, il fait encore très chaud, et le ciel était si bleu qu'on se sentait flotter chaque fois qu'on levait les yeux. En chemin, j'ai appelé mon entraîneur et je lui ai dit que j'avais attrapé une grippe d'été et que je ne pouvais pas venir à l'entraînement. Oh là là, ça l'a mis dans une de ces colères, ma grippe d'été. Je n'ai encore jamais vu personne se mettre autant en colère pour une grippe. "On n'est même pas encore en été ! a-t-il hurlé dans le téléphone. Et vu comme c'est parti, on n'est pas près d'y arriver !"

Karen avait pris son appareil photo. Elle fait partie du club photo du lycée. A un moment, elle s'est levée et s'est mise à me photographier de dos dans le bus presque désert. Elle a fait quatre ou cinq clichés. "Champion de tennis au chômage dans le bus 33", a-t-elle dit avant de revenir s'asseoir à côté de moi. Et en me regardant, elle avait de nouveau ce sourire tordu qui me fait inévitablement tomber à la renverse.

Vers dix, onze heures, une vieille dame est montée dans le bus. Dans l'un des nombreux bus qu'on a pris ce jour-là. Elle portait une jolie robe marron à fleurs blanches et s'est assise juste devant nous. Elle sentait bon la violette ou quelque chose comme ça. Peut-être le muguet. Un parfum de *petites* fleurs en tout cas. Une fois assise, il lui a d'abord fallu respirer à fond plusieurs fois. Puis elle a sorti une lettre de son sac à main marron. Sur l'enveloppe étaient collés des timbres étrangers : la reine d'Angleterre. C'est le genre de choses que je remarque parce que j'ai collectionné les timbres quand j'étais petit. Pendant deux ou trois ans. Dès que je vois une enveloppe, je regarde d'abord toujours les timbres. C'est le seul réflexe qui me soit resté de ma collection. La vieille dame avait du mal à ouvrir l'enveloppe. Enfin, elle se servait comme tout le monde de son index droit comme d'un coupe-papier, mais il lui a fallu presque trois arrêts pour ouvrir l'enveloppe. Puis elle en a extrait la lettre, l'a dépliée à moitié et a commencé à lire. J'ai jeté un coup d'œil par-dessus son épaule et lu la première ligne. La lettre commençait par *"My dear Lizzy"*, et puis j'ai regardé ailleurs parce que je ne vais quand même pas lire le courrier des autres. Je ne suis ni du genre fouinard, ni un voyeur. Ou alors seulement pour quelques secondes. Au bout de deux minutes peut-être, la vieille dame a remis la lettre dans son sac. Elle ne l'avait pas dépliée complètement. Elle avait peut-être lu *"My dear Lizzy"* et deux ou trois phrases, et cela l'avait tellement épuisée qu'elle ne pouvait continuer sa lecture.

C'est le genre de choses que je trouve plutôt déprimant – d'être tellement vieux qu'on ne peut lire que deux ou trois lignes d'une lettre avant d'être obligé de faire une longue pause. Mais la robe de la vieille dame était vraiment très jolie. Elle allait sûrement voir une amie avec qui, peut-être, elle s'est ensuite installée à une terrasse pour manger une pizza. Et peut-être a-t-elle lu de temps à autre quelques lignes de sa lettre. Lizzy, c'est vraiment un joli prénom pour une vieille dame, je trouve.

Ce doit être terrible de vieillir et de ne plus vraiment faire partie du monde. Un jour, dans le métro, j'ai vu un couple de gens très âgés, tout blancs. Je veux dire, non seulement ils avaient les cheveux blancs, mais, en plus, ils avaient la peau toute blanche, comme des morts. Ils avaient sûrement rendez-vous chez leur médecin. Enfin, ils ne donnaient pas l'impression de se rendre à un endroit qui leur aurait fait plaisir. Ils donnaient l'impression de n'avoir plus aucun endroit qui leur aurait fait plaisir. Ils étaient blancs, blancs, blancs et semblaient n'être sortis de leur tombe que pour ce rendez-vous chez le médecin. Un arrêt avant qu'ils ne descendent, l'homme s'est levé en hissant la femme avec lui. Ils se tenaient tous deux aux barres du métro et leurs corps tout blancs étaient pliés vers l'avant. On aurait dit deux personnes qui, pendant une tempête, s'accrochent au mât d'un bateau pour résister au vent. Ils n'étaient sortis de leur tombe que pour quelques heures, à cause de ce rendez-vous chez le médecin, mais on voyait bien qu'ils n'aspiraient qu'à y retourner. C'est sûrement terrible quand, subitement, le monde devient tel que tout ce que l'on y vit est pire que la tombe d'où l'on vient.

Parfois, quand je vois des gens âgés qui vont si mal, j'aimerais vraiment être un esprit qui les suivrait sans être vu et les porterait partout où ils veulent aller. Je veux dire, j'aimerais alors vraiment m'envoler avec eux, parcourir le monde. Mes grands-parents aussi sont assez âgés, mais pas *vraiment* âgés. Ils font du ski et partent en vacances en France ou ailleurs, et ma grand-mère a toujours son cabinet. La seule personne vraiment âgée que j'ai connue, c'est ma nourrice Rosalen. Elle est morte il y a quelques années, quand j'avais treize ans. Rosalen a connu cinq générations de la famille. Elle est arrivée dans les années 1920 chez mon arrière-grand-mère et a alors bien sûr connu la génération d'avant. Ensuite, elle était chez mes grands-parents et après elle a élevé mon père, puis Benjy, et puis moi, pendant quelque temps encore. Benjy et moi, on est la cinquième génération de la famille à avoir connu Rosalen. Elle était comme une deuxième mère pour nous et, en même temps, elle était comme notre grand-mère. Benjy et moi, on a en fait eu deux mères et trois grands-mères. C'est bizarre – si Benjy n'était pas homo, on pourrait penser que notre intérêt prononcé pour les filles vient du nombre élevé de mères et de grands-mères qu'on a eues.

La chambre de Rosalen était juste à côté de la mienne. Maintenant, c'est une chambre d'amis, mais Rosalen n'a jamais eu chez nous le rôle d'une amie en visite. Elle a toujours fait partie de la famille. Elle était du voyage quand ma famille est partie s'installer en Allemagne du Nord, puis quand ils sont revenus dans le Sud. Quand j'étais petit, je me glissais toujours dans son lit, ou bien c'est elle qui venait dans ma chambre et on bavardait jusqu'à ce que je m'endorme. Ou alors elle me lisait des histoires. Quelques semaines avant sa mort, je suis allé la voir à l'hôpital avec Benjy. Benjy était venu de Londres pour passer quelques jours ici. Quand on est sortis de l'hôpital, Rosalen était sur le balcon et nous faisait signe. Elle n'y voyait déjà presque plus et je me souviens d'avoir pensé qu'elle ne pouvait sans doute plus nous voir de si loin. J'ai réfléchi à ce qu'elle voyait et pensait tandis qu'elle nous faisait signe sans même nous voir partir. Peut-être qu'elle pensait : "Voilà Benjy et Gogo qui s'en vont, et ils ne se glisseront plus jamais dans mon lit", et en pensant cela peut-être nous voyait-elle tous les trois installés dans son lit à bavarder.

Le jour où Rosalen est morte, c'est mon père qui a répondu au téléphone quand la clinique a appelé. Les derniers jours, on s'était constamment relayés auprès d'elle. Et quelques-unes de ses amies étaient aussi venues la voir, mais au moment où elle est morte elle était toute seule. Après avoir raccroché, mon père a attrapé le téléphone et l'a balancé par la fenêtre. Il s'est mis à hurler comme s'il allait devenir fou. Même ma mère a été surprise. Enfin, mon père est médecin, il a déjà vu un certain nombre de gens mourir et il savait que Rosalen allait mourir. Il a l'habitude : il fait même parfois des blagues sur la mort. Mais quand Rosalen est morte, il a balancé le téléphone par la fenêtre et j'ai eu peur qu'il ne devienne fou. Mais ça n'a duré que quelques secondes. Et le soir, il a écrit ces lignes dans notre bible :

> *She's cool in the summer*
> *And warm in the fall*
> *She's a four-season mama*
> *And that ain't all*

Dans cent ans, peut-être que personne ne saura plus à qui ces mots faisaient allusion. Mais si j'ai une fille, un jour, je l'appellerai Rosalen.

Si j'ai parlé de Rosalen à Karen, c'est, je crois, parce que j'ai vu son visage quand la vieille dame, dans le bus, a replié la lettre et l'a rangée dans son sac. Karen a pensé exactement la même chose que moi, sauf qu'évidemment elle n'a pensé ni au vieux couple tout blanc du métro, ni à Rosalen, et c'est pour cela que je lui ai parlé de Rosalen. Karen n'a pas eu de nourrice. Elle n'a même pas de père. Ses parents ont divorcé quand elle était toute petite et elle ne se souvient presque plus du tout de son père. "Là où pourrait se trouver mon père, il n'y a même plus un trou, a-t-elle dit. Maintenant, le trou est rempli d'air."

Vers trois heures de l'après-midi, on traversait en bus le quartier de Schwabing et, soudain, j'ai aperçu ma mère sur le trottoir ensoleillé. Le bus était coincé dans les embouteillages et ma mère se dirigeait vers nous. Apparemment, elle venait de s'acheter quelque chose à manger, elle tenait à la main un petit sachet blanc de la boulangerie. L'institut où elle travaille est juste à côté de l'endroit où on l'a vue. Notre bus était dans la file de voitures arrêtées et ma mère remontait le trottoir ensoleillé dans notre direction. Elle portait son tailleur rouille et dans le soleil, avec ses cheveux roux qui se détachaient sur le ciel bleu, elle était comme de braise. J'ai vu que plusieurs passants se retournaient.

"Hé, c'est ma mère, là-bas ! ai-je dit à Karen.

— Ça, c'est ta mère ?" a dit Karen. Elle a sorti en vitesse son appareil photo de son sac et s'est mise à faire des tonnes de clichés. Evidemment, ma mère a remarqué que quelque chose bougeait derrière la vitre du bus. Elle a levé les yeux et tout d'abord vu Karen qui la photographiait. Elle a souri. Ma mère est toujours ravie quand elle voit que d'autres gens la remarquent. C'est une véritable consolation pour les ouvriers du BTP qui sifflent volontiers les femmes. Et puis elle m'a vu. Et a ri.

Elle nous a fait signe de descendre. Le chauffeur a ouvert les portes et ma mère nous a invités dans un café. C'était la troisième fois de la journée qu'on entrait dans un café. Enfin, les deux autres cafés étaient en fait des glaciers, bien sûr. On s'est installés dehors, sous un parasol.

Par chance, ma mère n'a pas demandé pourquoi on n'était pas en cours, il faut dire que c'était déjà l'après-midi, même si d'habitude j'avais encore cours à cette heure-là. Et tout de suite après, entraînement. Je n'aurais jamais cru que le tennis puisse un jour me peser.

Je n'ai presque jamais séché les cours et je suis très rarement malade, mais il a suffi d'un petit rhume de Benjy pour que le directeur Götz déteste toute notre famille. Quand Benjy est entré au lycée Kleist, il a été malade pendant une journée et a ramené à la maison un formulaire d'absence. En bas du formulaire était écrit : "Signature du père ou de son représentant légal." Ma mère a appelé Götz et lui a expliqué qu'elle n'était pas le représentant légal de son mari. "Je ne crois pas que vous ayez eu l'intention de froisser qui que ce soit, lui a-t-elle dit. Je crois qu'il s'agit simplement d'une sottise. Mais cette sottise doit disparaître."

Des années plus tard, quand je suis arrivé au lycée et que tout le monde a su plus ou moins rapidement que j'étais un enfant hyperactif, Götz a un jour fait tout un sermon à ma mère et, à un moment, il lui a dit : "Ces enfants-là passent volontiers sous les roues d'une voiture." *Volontiers* – c'était vraiment la meilleure. Rien qu'à ce mot, on voit bien qu'il salivait déjà à cette idée.

On était donc à la terrasse de ce café, avec Karen et ma mère, et à un moment j'ai dû aller aux toilettes. Quand je suis revenu, je suis resté sur le seuil et je les ai regardées toutes les deux, assises sous le parasol jaune à bavarder. J'étais là et, tout d'un coup, j'ai eu le sentiment d'être invisible. Karen et ma mère étaient assises sous leur parasol et scintillaient, et, moi, je n'étais plus que l'air qui les entourait. C'était très étrange. Je serais bien resté invisible pendant quelques heures encore.

Ensuite, on a repris un bus et, vers cinq heures, on a traversé le pont Wittelsbach à pied. Je me sentais bien. Je m'étais senti bien toute la journée.

"Hé, ai-je fait à Karen, je n'ai encore jamais traversé le pont Wittelsbach avec une fille."

Karen m'a regardé :

"Et alors, c'est différent ?

— C'est sacrément différent, ai-je dit. Le pont tremble comme c'est pas permis. Tu ne sens rien ?

— N'importe quoi, a-t-elle dit. Ce pont est en granit. Il ne peut pas trembler.

— C'est justement ce qui m'inquiète, ai-je dit. Ce pont est en granit et il tremble comme c'est pas permis."

On s'est arrêtés au milieu du pont et on a observé les clochards qui habitent presque toute l'année sous ce pont. Ils avaient installé des tables et des bancs sur l'herbe, comme à une terrasse de café. Et près des tables, il y avait des parasols. Les clochards buvaient de la bière et du vin, certains d'entre eux nous ont fait signe et on leur a fait signe aussi.

Après avoir observé quelques minutes les clochards, le fleuve et l'herbe, on a vu arriver au loin cinq ou six cavaliers qui traversaient lentement le pré et s'approchaient du pont. Ils portaient leurs bombes noires comme pour un tournoi et d'ailleurs ils avaient l'air plutôt snob. Ils venaient du Flaucher et, vus d'en haut, ils allaient passer vraiment très près des clochards s'ils ne changeaient pas de cap.

"Génial ! a dit Karen en sortant son appareil photo. Tu vas voir, on va faire de super photos, style «reporters engagés» : des gentlemen perchés sur leurs fiers destriers passent devant des clochards sans leur prêter attention." Elle était tout enthousiaste et, moi, je trouvais aussi que c'était une bonne idée.

Quand les cavaliers se sont trouvés près des clochards, ils ont encore ralenti le pas, se sont dirigés droit vers eux et se sont arrêtés à leur hauteur. Ils ont échangé quelques mots avec les clochards. On ne pouvait pas entendre ce qu'ils disaient, mais ils sont descendus de cheval et se sont installés sur les bancs, et les clochards sont allés chercher quelques canettes de bière dans l'Isar et les ont posées sur la table.

"Génial, a répété Karen – mais pour une autre raison. Maintenant, c'est bien plus difficile pour faire des photos. Il faut qu'on revienne demain."

VI

Le jeudi, vers une heure de l'après-midi, on était déjà près du pont à discuter avec les clochards. Ils nous ont invités à boire un Coca et après on est allés jusqu'à un snack pour leur acheter des glaces. Ils étaient très contents, mais on voyait bien qu'ils auraient préféré boire une bière, même s'il faisait très chaud et que plusieurs d'entre eux avaient déjà le visage tout rouge.

Ensuite, on a remonté un peu le fleuve et on s'est allongés dans l'herbe. Peut-être que les cavaliers allaient revenir, et Karen pourrait alors les prendre en photo avec les clochards. Karen m'a parlé d'un moine japonais, un ermite, dont elle est en train de lire le livre. Il a vécu il y a deux cents ans à peu près et Karen est complètement fascinée par ce qu'il a écrit, principalement des poèmes, de longs poèmes et de très courts, des haïkus et des trucs comme ça.

"Il était assez seul, a dit Karen. Enfin, évidemment que les ermites sont seuls, c'est le but du jeu. Mais il n'en faisait pas toute une histoire. Il écrivait souvent qu'il se sentait terriblement seul. Et souvent, quand il se sentait abandonné, il buvait, comme eux, là-bas." Elle a fait un petit mouvement de tête en direction des clochards.

"Un jour, il attendait quelqu'un tout en buvant du saké pour faire passer le temps, et d'un seul coup il était tellement ivre qu'il ne savait même plus qui devait venir lui rendre visite. Il a ensuite écrit un poème là-dessus, et à la fin de ce poème il dit : «La prochaine fois, être plus vigilant !»"

Karen m'a regardé. "Ce n'était ni un de ces sages à la noix, ni un saint, a-t-elle dit. C'était juste un moine mendiant qui notait ce qui lui passait par la tête et ce qu'il voyait. Et aussi, parfois, ce qu'on ne peut pas voir. Il parcourait les chemins avec son bol à aumônes et il prêtait toujours attention à ce qui se passait autour. Je veux dire que parfois il oubliait tout simplement trois heures durant ce qu'il voulait faire parce qu'à ce moment précis la lune était particulièrement belle et qu'il ne pouvait pas faire autrement que de la regarder. Il était quand même un peu fou. Et ce qu'il préférait, c'était passer son temps avec les enfants."

Elle m'a raconté qu'il adorait jouer à cache-cache avec les enfants, et qu'un jour il a couru se cacher dans les toilettes, un cabanon comme on en trouvait autrefois juste à côté des habitations ou un peu plus loin, dans les jardins. Les enfants savaient où il s'était caché, mais ils voulaient lui jouer un tour et ont fait comme s'ils ne le trouvaient pas. Le lendemain matin, quelqu'un est allé aux toilettes et a trouvé le moine accroupi dans un coin. "Qu'est-ce que tu fais là, Ryôkan ?" Le moine, qui s'appelait donc Ryôkan, a chuchoté : "Chut, parle moins fort, sinon les enfants vont trouver ma cachette."

"Sur ses vieux jours, il s'est installé avec une nonne, a dit Karen. Elle était beaucoup plus jeune que lui, mais ils s'entendaient très bien. A mon avis, on peut sûrement très bien s'entendre avec quelqu'un qui fait des trucs comme le coup des toilettes, même quand on a quarante ans de moins."

Allongés sur le dos dans l'herbe, on regardait le ciel et pendant un moment on n'a plus rien dit. D'habitude, quand je suis avec quelqu'un, je parle sans arrêt, mais avec Karen je sais aussi tenir ma langue. Cela ne dure jamais très longtemps, mais cela arrive quand même. Le ciel était complètement dégagé, bleu et immense, et soudain Karen a dit : "A quoi ressemble le cœur de ce vieux moine ?"

Et après quelques secondes, elle a dit : "Une brise légère sous le ciel immense."

Et encore quelques secondes après, elle a dit : "Ryôkan."

"C'est beau, ai-je dit.

— Oui, très beau, a-t-elle dit. Et en même temps assez déprimant.

— Mais *maintenant* ce n'est pas déprimant."

J'ai entendu derrière nous les sabots des chevaux.

"Voilà les cavaliers, ai-je dit.

— Ah, laisse tomber", a dit Karen.

Les cavaliers et les clochards se sont dit bonjour. On ne pouvait pas comprendre ce qu'ils disaient, mais cela ressemblait à un bonjour. Même le fait de descendre de cheval ressemblait à un bonjour. On entendait le cuir des selles crisser, bien qu'à cette distance ce fût tout à fait impossible.

Peu après, Karen a dit : "Gogo, est-ce que tu veux savoir quel nom Ryôkan a donné à la cabane qu'il habitait sur la montagne Kugami ? Est-ce que tu veux savoir ? Le nom de son ermitage ?

— Oui, ai-je dit. Bien sûr que je veux le savoir. Après tout, je ne connais le nom d'aucun ermitage.

— Il l'a appelé *Gogôan*. Génial, non ?"

C'était même mieux que génial. *Mon* prénom, il y a deux cents ans, au Japon !

"Qu'est-ce que ça veut dire en allemand ? ai-je demandé.

— Un *gogo*, c'est un demi-*sho*, a dit Karen. Et un *sho*, c'est la quantité journalière de riz dont a besoin un être humain pour vivre. Et *an*, ça veut tout simplement dire ermitage. Donc, en japonais, tu n'es qu'une demi-portion.

— Mais un mètre quatre-vingt-douze, c'est plutôt grand pour un Japonais."

On a dû s'endormir au soleil, moi du moins. En tout cas, je me suis réveillé parce qu'une ombre passait sur mon visage de temps à autre et que j'entendais sans arrêt un petit déclic. J'ai ouvert les yeux et vu Karen, agenouillée dans l'herbe à côté de moi, qui me prenait en photo.

"Dommage !" a-t-elle fait en voyant que je ne dormais plus.

Je me suis assis et j'ai regardé autour de moi. Les cavaliers étaient déjà repartis. Quelques-uns des clochards jouaient avec des bouts de métal à un genre de *boccia*, les autres étaient allongés à l'ombre et dormaient ou bien regardaient le ciel. Derrière nous passaient sans cesse des promeneurs avec leur chien. J'avais l'impression qu'il s'agissait toujours des mêmes promeneurs, passant et repassant comme s'ils tournaient sur un manège géant. A moins que les propriétaires de chiens ne se ressemblent tous. D'ailleurs, à mon avis, ils *sont* certainement assez semblables les uns aux autres. En tout cas, il y a constamment des maîtres qui laissent leur chien faire leurs besoins juste devant notre porte.

Karen m'a expliqué comment fonctionnait son appareil photo et raconté quelques trucs sur son club. Elle m'a parlé d'un garçon de sa classe qui, l'année dernière, avant les vacances de Noël, avait offert une photo à sa prof d'allemand. C'était une photo qu'il avait prise d'elle à la dérobée. Takan – il était turc – avait placé la photo dans un cœur comme s'il voulait faire une déclaration d'amour. "Art populaire, a décrété Karen. Ce n'est pas un grand photographe. Mais c'est quand même courageux – faire une déclaration d'amour à sa prof ! Chez lui, ils lui auraient sûrement coupé les couilles en apprenant ça."

Elle dit parfois des choses comme ça, sèchement. Elle dit : "A quoi ressemble le cœur de ce vieux moine ?" et une demi-heure plus tard : "Chez lui, ils lui auraient sûrement coupé les couilles en apprenant ça." Et là, en voyant ma tête, elle a dit : "Ne me regarde pas comme ça ! C'est ce que je *pense*. C'est ce que je *pense*, un point c'est tout. Ça ne va pas plus loin. Je ne *traite* pas Takan comme s'il allait lui-même couper les couilles de quiconque offrirait à sa prof une photo en gage d'amour. Je le traite comme n'importe qui d'autre. Tu comprends ? Mais il faudrait que je sois vraiment une sacrée hypocrite pour refouler ces pensées. Pour faire comme si je n'avais jamais ce genre de choses en tête. Sans doute que je ne saurais alors bientôt plus ce que j'ai réellement dans la tête."

J'ai un peu réfléchi à tout ça et je crois qu'elle a raison. "C'est comme avec ces horribles foulards que les musulmanes, même les très jeunes filles, portent souvent, a-t-elle ajouté. Je ne *hais* pas ces foulards, je les méprise seulement, mais je ne méprise pas les femmes. Elles me font juste de la peine parce que soit elles ne sont que des moutons qui suivent le mouvement, soit elles ont peur. Mais les femmes qui savent qu'on les tuera si elles ne se cachent pas derrière ces foulards, elles, elles *devraient* les haïr."

On était allongés sur le ventre et, de temps en temps, on jetait un coup d'œil sur le pont pour voir ce que faisaient les clochards. Sinon, on regardait quelques jeunes qui jouaient au foot dans l'herbe. Enfin, moi, je regardais surtout le visage de Karen ou je le *sentais* près de moi, ou même, j'étais juste comme une brise légère sous le ciel immense, qui caressait son visage. Elle avait remarqué aussi et me souriait de son sourire tordu. Elle savait parfaitement de quoi il retournait, mais elle n'a pas dit un mot là-dessus.

C'est sans doute à cause des garçons et du bruit qu'ils faisaient en jouant au foot que j'ai pensé à ce livre que j'ai lu il y a quelques mois. C'est un Ecossais qui l'a écrit. Ça s'appelait *Trainspotting* et ça parlait de plusieurs types paumés, du sida, de la drogue et de tout ça. C'était ramenard de la pire manière qui soit, mais il y avait quelques bons passages. A un moment, deux des types sont allongés dans l'herbe, ils observent des filles qui courent sur une piste cendrée et, tout d'un coup, l'un des deux s'aperçoit que l'autre a creusé un trou dans l'herbe avec son canif. Qu'il a regardé les filles courir et en même temps baisé la pelouse.

Je veux dire, dans ce livre, tous les personnages sont plutôt antipathiques, mais là, c'était vraiment un bon passage. Parfois, c'est si fort. Si fort qu'on en vient à baiser la pelouse. En fait, c'est plutôt romantique, même si le livre dans l'ensemble est plutôt débile et artificiel. J'ai arrêté de lire quand l'un des types, à l'enterrement de son frère, couche dans la salle de bains avec la veuve, qui est bien évidemment enceinte, etc. Je crois que le gars qui a écrit ce livre a tout d'abord commencé par faire une liste pour réussir à caser le plus d'horreurs possible sur une page. Comme un premier de la classe qui veut rafler tous les points. C'est vraiment un livre perfide. Tout à fait le genre de cadeau d'anniversaire pour des gens comme Christopher.

"A quoi tu penses ? a demandé Karen.

— Je pense à quelqu'un qui baise une pelouse.

— Oh", a fait Karen. Et puis elle a ri.

Après ça, on a repris le bus et sillonné la ville : j'avais l'impression que je pourrais toute ma vie parcourir le monde en bus avec Karen, comme un moine. On ferait la manche et on roulerait en bus et on parlerait tout le temps de choses passionnantes.

"Quel âge avait la nonne, déjà ? ai-je demandé pendant qu'on roulait.

— Elle avait à peu près quarante ans de moins, a dit Karen en souriant.

— Ça, on n'y arrivera jamais", ai-je dit en pensant qu'on allait tout simplement mendier et parcourir le monde, et que nos enfants nous accompagneraient bien sûr partout où on irait. On aurait sans doute des enfants un peu fous et peut-être qu'on tomberait parfois sur un chauffeur de bus comme Mr Caulfield, qui conduisait le bus de ramassage scolaire à Williamsburg. Il avait dans les soixante ans et il entraînait l'équipe d'escrime de l'école. Et on pouvait aussi apprendre à conduire avec lui. En plus du moniteur d'auto-école habituel, il donnait à l'occasion quelques leçons. C'était *mon* prof de conduite. C'est avec lui que j'ai appris à conduire.

Mais, pour la plupart des gens, il n'était que le chauffeur du bus de ramassage scolaire. C'était un drôle de type, il était plutôt grand, plutôt maigre, et il n'avait que deux modèles de chemises différents, ces vieilles chemises des employés des chemins de fer américains. Les chemises bleues à *carreaux* étaient celles des chauffeurs de locomotive et les bleues à *rayures* celles des mécaniciens. Dans son bus, il avait toujours à l'avant, derrière le pare-brise, des fruits et des légumes de forme ronde, des pommes, des tomates, des oranges, des abricots, et il disait qu'on devait toujours conduire un bus de ramassage scolaire de manière qu'aucun des fruits ou légumes ne roule à terre. C'est une réflexion un peu folle, mais assez juste. "Evidemment, il ne faut pas passer son temps à fixer les fruits et les légumes, disait-il parfois. Sinon, on ne voit pas ce qui se passe sur la route. Il faut juste *conduire* de manière que tout ce bazar devant ne tombe jamais."

VII

J'ai passé trois jours en Autriche pour ce tournoi
de tennis, du vendredi après-midi au dimanche
dans la nuit. On a gagné, mais je n'étais pas vraiment là. Je ne peux pas dire que j'ai pensé tout le
temps à Karen, c'est juste que j'étais ailleurs. Je
me demandais vraiment ce que je faisais sur ce
court. J'ai failli perdre à deux reprises et Tom, qui
était assis juste derrière la chaise de l'arbitre, m'a
jeté de drôles de regards quand on a changé de
côté, alors j'ai simplement pensé à Karen et je me
suis concentré sur le jeu. On a même eu droit à
quelques-unes de ces scènes impossibles à expliquer après coup. Quand on croit que la balle est
déjà perdue et que l'on parvient finalement à
l'avoir, sans pourtant savoir ce que l'on fait ou ce
qui se passe. C'est un peu comme d'être magicien.
Quand cela m'arrive pendant un match contre Tom,
il demande parfois : "Eh ben mon vieux, comment
est-ce que tu t'es encore débrouillé pour faire ça ?"
Mais je ne sais absolument pas, moi, comment je
me débrouille. C'est comme dans un rêve. Quand
on embrasse quelqu'un pour la première fois, c'est

exactement la même chose. On fait un mouvement quelconque, parce qu'on a décidé de faire ce mouvement-là ou simplement parce qu'il fait partie du jeu et qu'on est obligé de le faire, et alors il arrive des tas de choses dont on est incapable de se souvenir ensuite, mais ce qui est sûr, c'est que toutes ces choses arrivent.

Quand je suis passé prendre Karen lundi matin, elle m'a donné sa lettre, qui n'était pas une lettre, à vrai dire. Elle avait juste recopié un poème de Ryôkan :

> *As-tu oublié le chemin qui mène à ma hutte ?*
> *Je guette chaque soir le son de tes pas,*
> *Mais tu ne viens pas.*

De mon côté, je n'avais rien écrit parce que j'étais trop fatigué à cause du tournoi, mais j'avais pensé à elle tout le temps. Je crois que quand on connaît Karen on ne peut que penser constamment à elle jusqu'à la fin de ses jours. Du moins, je crois que, *moi*, je suis incapable de faire autrement. Je suis voué à être l'un de ceux qui, après avoir vu Karen ne serait-ce qu'une seule fois, ne peuvent pas faire autrement que de penser constamment à elle jusqu'à la fin de leurs jours.

Le week-end qui a suivi le tournoi, mes parents sont partis pour le lac de Constance et j'ai invité Karen à dîner à la maison. C'était la première fois qu'elle venait chez nous – enfin, pas *vraiment* la première fois. Un jour, elle est passée prendre un livre en coup de vent et mon père, qui était là par hasard, est sorti du cellier avec la grande échelle et, par hasard, il est allé à la cuisine en passant par le hall d'entrée où attendait Karen. D'habitude, mon père ne touche jamais ni échelle, ni tournevis. Sans doute voulait-il tout simplement voir à quoi ressemble la fille avec laquelle je passe le plus clair de mon temps mais, comme dans ce domaine, il sait être plein de tact il l'a à peine regardée. Il est allé à la cuisine avec son échelle en passant par le hall, a fait un petit signe de tête en croisant Karen, dit "Bonjour", et Karen a dit "Bonjour" aussi. Dans le rôle de l'homme qui a quelque chose de très important à réparer dans la cuisine, il était très crédible.

Après, il s'est contenté de dire : "Maintenant, je sais comment on est quand on va manger des glaces au moins deux fois par jour – *mince, mince, mince* !"

Moi, c'est pareil, je n'ai vu la mère de Karen qu'une seule fois, un matin où je suis passé prendre Karen avant les cours et qu'elles sont sorties ensemble de la maison. La mère de Karen est *mince, mince, mince* elle aussi, et terriblement élégante. Elle a un physique plutôt renversant. Je préfère ne pas savoir ce qui arriverait aux ouvriers si la mère de Karen et ma mère passaient ensemble devant un chantier. Enfin si, j'aimerais quand même bien le savoir. Sans doute l'échafaudage entier s'effondrerait-il. Ce matin-là, la mère de Karen a simplement dit : "Ça me fait plaisir de te rencontrer, Vincent." Et puis elle a dû filer.

On s'est installés à la cuisine pour faire des crêpes aux griottes. Les crêpes de Rosalen. Le matin, on avait acheté des griottes au marché. Bien sûr, on était aussi allés manger une glace et on s'était promenés encore un peu en ville, et, l'après-midi, j'ai montré à Karen comment faire des crêpes aux griottes. "Il faut absolument que tu apprennes ça", ai-je dit.

Ce qui est marrant avec les crêpes aux griottes, c'est la façon dont on retire les noyaux des cerises. Evidemment, on peut le faire avec un dénoyauteur. C'est ce machin qui ressemble à une pince avec un poinçon ou une tige au bout et qu'on utilise pour percer les cerises et en faire sortir le noyau, mais Rosalen a toujours eu une manière bien à elle de dénoyauter les cerises : avec une épingle à cheveux. Elle possédait quatre de ces épingles à bout arrondi et, avant de dénoyauter les cerises, elle allait chercher une épingle et la nettoyait dans l'évier.

Les épingles à cheveux de Rosalen ont traversé une bonne partie du XXe siècle et survécu à deux guerres et tout ça. A l'origine, Rosalen avait six épingles identiques, mais au cours de sa longue vie elle en a perdu deux. "Une épingle pour chaque guerre", disait-elle chaque fois qu'elle en parlait. Ses quatre épingles à cheveux sont maintenant dans le tiroir de mon bureau, avec toutes les affaires pour l'ordinateur et toutes les lettres que j'ai reçues dans ma vie.

Pour dénoyauter une griotte avec une épingle à cheveux, il faut enfoncer le bout arrondi dans le creux où se trouvait la tige, le faire passer sous le noyau, puis extraire le noyau. C'est comme une petite opération. Quand Rosalen faisait cela, elle me disait toujours : "Tu vois, il faut enfoncer la partie courbe de l'épingle dans la griotte, la faire passer sous le noyau, et après on ressort le tout." Alors j'ai dit à Karen : "Tu vois, il faut enfoncer la partie courbe de l'épingle dans la griotte, la faire passer sous le noyau, et après on ressort le tout." Le plus difficile et le plus intéressant, c'est vraiment de se débrouiller pour enlever les noyaux parce qu'à part ça, les crêpes aux griottes, c'est plutôt facile à faire. Karen n'a eu aucun mal à extraire les noyaux des griottes. Moi, quand j'ai appris à le faire, j'ai mis du temps à maîtriser la technique. A un moment, Karen m'a souri et a dit : "Tu vois, il faut enfoncer la partie courbe de l'épingle dans la griotte, la faire passer sous le noyau, et après on ressort le tout."

Pendant le repas, j'ai encore parlé de Rosalen avec Karen, et des histoires qu'elle me lisait ou me racontait pour m'endormir, qu'elle avait déjà racontées à Benjy pour l'endormir et, avant lui, à mon père quand il était enfant, dans les années 1950, et encore avant lui, à ma grand-mère et à sa sœur. Il y a tant de choses que je ne sais que parce que Rosalen me les a racontées – tous ces contes, toutes ces histoires de famille, ces histoires sur des gens que je n'ai pas connus parce qu'ils étaient déjà morts ; et aussi, quand mon père était petit, Rosalen allait tous les samedis au cinéma et quand elle rentrait à la maison il fallait toujours qu'elle lui raconte tout le film pour qu'il s'endorme. Rosalen lisait surtout des romans d'amour à l'eau de rose et des policiers. *Jerry Cotton* et des trucs comme ça, et le plus passionnant, c'était toujours quand elle parlait de la guerre. Parfois, on se mettait à la fenêtre et on regardait la rue ensemble. "Après les attaques aériennes, tout était recouvert de gravats, disait-elle alors. La rue tout entière était recouverte de ruines et de gravats. Il y avait juste un petit chemin au milieu qu'on puisse passer."

Quand la guerre s'est terminée, Rosalen est partie toute seule pour Hambourg dans le but de retrouver mon grand-père, le père de mon père. Elle a quitté une ville dévastée, Munich, traversé un pays en ruine, puis est arrivée dans une ville dévastée, Hambourg, et, au bout de quelques jours, elle y a trouvé mon grand-père, qui était encore un jeune homme à l'époque. Il avait déserté la Wehrmacht et ne voulait plus rentrer chez lui, mais Rosalen l'a ramené à Munich.

"Tu imagines un peu, disait mon père chaque fois qu'il racontait cette histoire. Cette petite paysanne qui traverse tout le pays en ruine, arrive dans la ville de Hambourg dévastée, cherche cet homme… et le *trouve* !", et alors j'ai dit à Karen : "Tu imagines un peu. Cette petite paysanne qui traverse tout le pays en ruine, arrive dans la ville de Hambourg dévastée, cherche cet homme… et le *trouve* !" Apparemment, j'étais voué ce jour-là à répéter tout un tas de choses que d'autres gens avaient déjà répétées souvent avant moi.

Rosalen ne lisait pas seulement des romans à deux sous. Elle avait aussi lu des livres comme *Guerre et Paix*, *Autant en emporte le vent*, tous les livres de Raymond Chandler et de Dashiell Hammett et trois romans de Theodor Fontane : *Madame Jenny Treibel*, *Effi Briest* et *Mes années d'enfance*. Si je sais tout cela, c'est que les livres sont maintenant dans ma chambre. Un jour, elle m'a lu dans un livre de Theodor Fontane un passage sur une ville d'Allemagne du Nord où ne vivaient que de belles femmes et de belles jeunes filles, et où les domestiques étaient encore plus belles que les femmes et les jeunes filles riches. Après avoir lu la remarque sur les domestiques, elle a fait une longue pause. Rosalen n'était pas belle ou, du moins, elle ne l'était plus quand je l'ai connue. Elle avait été très mince autrefois, avec de longs cheveux noirs pour lesquels elle avait besoin de ses six, puis de ses quatre épingles, mais je ne l'ai connue qu'en petite vieille boulotte et toute ridée, avec une petite verrue sur le visage. Quand on ne la connaissait pas, on pouvait peut-être penser qu'elle n'était qu'une petite vieille hideuse, mais quand on la connaissait on avait conscience de sa formidable énergie et de sa beauté, et on savait qu'elle nous surprendrait toujours. Tant que Rosalen riait, rien de mauvais ne pouvait arriver sur terre, et c'est sa faute si je me suis juré, enfant, d'habiter un jour dans une ville où ne vivraient que de très belles femmes. Mais c'est déjà presque le cas. Je vis déjà aujourd'hui dans une ville où les échafaudages peuvent s'effondrer à tout moment.

A la mort de Rosalen, il s'est passé une chose étrange. On est retournés la voir une dernière fois tous ensemble, on s'est assis à son chevet dans la chambre d'hôpital et c'était horrible. Comme si le monde avait sombré. Comme si tous les *sons* s'étaient tus. Comme si tous les bruits avaient disparu. Quand on est arrivés devant chez nous, on est restés un moment dans la voiture, devant la porte, et, tout à coup, mon père a dit : "A la fin, elle ressemblait à un vieux singe." C'était comme un choc. Comme une explosion. Je ne comprenais pas qu'il puisse dire une chose pareille. Et en même temps, c'était la vérité. A l'hôpital, son visage, sur le coussin blanc, ressemblait à celui d'un singe. Et à ce moment-là, dans la voiture, je me suis rendu compte que, ce vieux visage de singe, je l'aimais. Même s'il ressemblait à celui d'un vieux singe, le visage de Rosalen avait pour moi autant d'importance que le visage de ma mère ou le visage de Karen – à qui je montrais maintenant notre appartement.

J'avais évidemment déjà fait le tour du propriétaire avec Karen avant de faire la cuisine et de manger. Elle était épatée. Notre appartement est immense – il compte sept pièces et aussi quelques cagibis, deux salles de bains et au moins cent cinquante toilettes et salles de douche. On peut facilement se perdre, chez nous. Dans l'entrée, il y a toujours la barre de Benjy et un immense miroir pour qu'il puisse s'exercer quand il vient à la maison. Karen s'est mise à la barre et a fait quelques exercices. Pas mal. Parfois, je me dis que Karen a déjà tout fait dans sa vie. De la danse classique, de l'équitation, bluffer quelques skinheads, du tennis, lire cinq mille livres et dénoyauter des griottes.

On a mangé nos crêpes dans la cuisine et pas dans le séjour, comme on le fait d'habitude, parce que c'est ce que Karen voulait. De la cuisine, on a d'ailleurs une très belle vue sur le séjour, puisque ce qui sépare les deux pièces c'est cette cloison de verre contre laquelle mon père a un jour balancé son rond de serviette, la fois où il était tellement en colère contre moi. C'est dans la cuisine et le séjour que se déroulent chez nous tous les événements importants. Pour Noël, avant de donner les cadeaux, on tire le lourd rideau blanc entre les deux pièces et on s'assied tous dans la cuisine en attendant que les bougies du sapin de Noël soient allumées. C'est chaque fois très excitant. Autrefois, c'est Rosalen qui déposait les cadeaux et allumait les bougies. Depuis sa mort, mon père et ma mère s'en chargent à tour de rôle.

Noël, c'est toujours très palpitant chez nous. Aux Etats-Unis, c'était plutôt triste et ennuyeux. Chacun s'est contenté d'ouvrir ses cadeaux et de faire une mine renfrognée. Et ce n'était pas uniquement dû au fait que, Beryl et moi, on ne pouvait pas se voir ou que je ne m'entendais pas avec Derek. Je crois que chez eux c'était chaque année comme ça. Noël était pour eux la fête des mines renfrognées. Ils ont ouvert leurs cadeaux comme s'ils sortaient de leur emballage des steaks hachés et les jetaient immédiatement dans la poêle. Si la fête de Noël existe en enfer, elle doit sûrement ressembler à ça. Derek était le père de ma famille d'accueil de Williamsburg, est-ce que je l'ai déjà dit ? Et il n'y avait que deux choses pour lesquelles on s'entendait bien – quand on allait ensemble chez le coiffeur et quand on prenait l'avion tous les deux, mais pendant mon année en Californie on n'a fait ensemble que deux vols. Derek est pilote, pilote amateur, et quand il pilote une machine c'est un autre homme. Il plane alors lui aussi. Mais on ne l'a fait que deux fois.

A la fin, quand je suis parti, il ne m'a pas accompagné à l'aéroport. De toute façon, personne ne m'a accompagné à l'aéroport, sauf Ray, bien sûr, et quelques élèves du lycée. Mais ma "famille", les gens chez qui j'ai vécu toute une année, n'est pas venue. Pour Derek et Beryl, ça n'avait rien de très surprenant, mais que Glenda ne vienne pas, ça, ça m'a vraiment étonné. Glenda est la femme de Derek, et donc la mère de Beryl, et elle était la seule que j'appréciais vraiment dans cette famille, mais elle a sans doute eu peur, si elle m'accompagnait à l'aéroport, que Derek ne la repousse ou quelque chose comme ça.

Demain ou après-demain, je vous en dirai un peu plus sur ma famille américaine, pour que vous compreniez mieux. Encore qu'il n'y ait pas grand-chose à comprendre. Parfois, il suffit apparemment de très peu de chose pour que toute une famille – comme les Morrison, Glenda, Derek et Beryl – renonce à accompagner quelqu'un à l'aéroport. Et

Tiffany n'est pas venue non plus, évidemment. Seuls Ray et les autres étaient là. Ray, qui avait chanté pour mon anniversaire : *Vincent in the Sky with Tiffany* – et dans l'avion qui m'emmenait vers l'Europe, dans le ciel au-dessus de la Californie, je pensais : *Vincent in the Sky with Tiffany*. Tiff était dans ma tête, Tiff était partout. Elle restera toujours dans ma tête. C'est quand même vraiment bizarre : je suis assis dans la cuisine avec Karen au beau milieu du printemps et je pense à Noël, et Tiff est dans ma tête, partout, et Karen est dans ma tête, partout et dans la cuisine avec moi, et en même temps je suis dans le ciel au-dessus de la Californie – et Karen me regarde, je vois son sourire tordu, complètement fou, et elle dit : "Tu sais quoi – on va aller faire un tour chez le glacier. J'ai vraiment besoin d'une glace."

VIII

"Ta nouvelle sœur américaine s'appelle Beryl. Elle a seize ans, mesure environ cinq pieds huit pouces et pèse dans les cent trente-cinq livres." Voilà ce que j'ai tout d'abord appris sur Beryl, la première fois qu'on m'a parlé d'elle. C'est ce qui était écrit dans la première lettre de Derek et je me suis tout de suite mis à calculer à quoi ressemblaient cent trente-cinq livres réparties sur cinq pieds huit pouces. Je trouvais ça plutôt marrant, mais ensuite, à Williamsburg, je me suis rendu compte que ça ne se voulait pas du tout marrant. Pour Derek, Beryl n'était réellement pas beaucoup plus que cent trente-cinq livres réparties sur cinq pieds huit pouces.

Je me souviens encore très bien de la première phrase que j'ai dite à ma mère lorsque pour la première fois j'ai appelé à la maison depuis Williamsburg : "Ils habitent à trois ici et ils n'ont pas *une* voiture, ils n'ont pas *deux* voitures, ils n'ont pas *trois* voitures, ils n'ont pas *quatre* voitures – ils ont *cinq* voitures !" Ils étaient vraiment friqués, le garage était presque aussi grand qu'une maison, ils avaient une télé dans chaque pièce, sauf dans le garage, et dès le début Beryl m'a détesté. Elle en avait sans doute décidé ainsi avant même de me voir. Elle était plutôt mauvaise élève, aussi mauvaise que moi, et elle pensait sûrement que tous les élèves qui passaient une année à l'étranger étaient forcément des premiers de la classe et que, pour lui mettre un peu de feu intellectuel au derrière, ses parents en avaient importé un d'Europe.

Beryl faisait la tronche en me serrant la main à l'aéroport et elle s'est baladée avec cette même tronche toute l'année. Elle a peut-être souri deux fois pendant toute cette période, du moins en ma présence. Et je ne l'ai jamais vue rire. Alors que les Américains sourient vraiment tout le temps. Elle n'a même pas souri quand je lui ai dit que tirer cette tronche en permanence était un cas grave d'antiaméricanisme. Je crois que Tiff sourit plus en une demi-heure que Beryl n'a jamais souri de toute sa vie. Les Américains sont peut-être un peu trop souriants dans l'ensemble, mais c'est toujours mieux que quelqu'un qui se balade à longueur de temps avec une tronche pareille.

Les Américains sourient vraiment souvent et ils trouvent d'ailleurs que c'est très important. Je me souviens, un jour, je faisais la queue avec Mr Cupertino à un stand de fruits et légumes. La vendeuse venait d'un pays d'Europe de l'Est. De Russie ou de Pologne. En tout cas, elle avait un accent grinçant terrible, elle parlait vraiment très mal l'anglais et elle était bougonne et désagréable avec les clients qui lui achetaient des fruits. Elle s'adressait à eux d'une voix plutôt forte et hostile. On pourrait même dire qu'elle engueulait ses clients. Et, à un moment, Mr Cupertino m'a dit tout haut : "En démocratie, les gens sourient quand ils ne sont pas sûrs d'eux. Et dans les dictatures, ils gueulent."

Je crois que si Beryl n'avait pas de quoi rire et ne souriait que très très rarement, cela venait surtout de Derek. Derek fait partie de ces types qui veulent avoir des fils. Ils épousent n'importe quelle fille gentille et discrète, une fille vraiment gentille comme Glenda, et ils attendent que cette fille leur ponde des fils. Si Derek était mon père, il ne serait heureux que si je remportais Wimbledon cinquante fois à la suite, et encore, ce ne serait pas assez parce que Wimbledon ne vaut rien sans les trois autres tournois du grand chelem. Pendant les championnats scolaires de Williamsburg, je n'ai joué qu'en double pour l'énerver. Avec Ray. On a gagné, bien sûr, mais pour Derek ça ne comptait pas. Il n'a fait aucun commentaire. De toute façon, ça ne lui plaisait pas vraiment que je passe mon temps avec Ray. Il n'aime pas les Noirs, même s'il ne l'a jamais dit.

En fait, Derek est un pauvre type. Il est super performant dans son boulot d'informaticien et ils ont une Porsche, une BMW, une Jeep, un break Toyota et une vieille Camaro dans leur garage, mais il ne s'est jamais vraiment réjoui de rien. A une exception près : une fois par mois, il allait avec moi chez le coiffeur. Pour lui, c'était le pied. A mon avis, il devait faire la même chose avec son père, autrefois. C'était toujours lui qui s'asseyait en premier dans le fauteuil et se faisait couper les cheveux pendant que je regardais. C'était la mise en jambes. Ensuite, on échangeait nos places et il regardait avec recueillement, comme à l'église, le coiffeur me couper les cheveux. Je l'observais parfois dans le miroir. Il en atteignait presque l'orgasme. D'accord, ça lui rappelait sûrement son enfance et tout ça, et peut-être que les visites chez le coiffeur avaient été les seuls moments de bonheur qu'il ait vécus avec son père, mais, quelque part, c'était quand même assez pervers. Il aurait certainement aimé qu'on aille chez le coiffeur chaque semaine, mais aux Etats-Unis j'avais déjà les cheveux coupés toujours trop court. Parfois, je me dis que si Derek a voulu accueillir un étudiant étranger, c'est uniquement pour avoir quelqu'un avec qui aller chez le coiffeur tous les mois. Une petite visite chez le coiffeur valait sans doute bien plus que tous les grands chelems réunis et multipliés par cinquante. Il aurait sûrement adoré que j'épouse Beryl et que je vive toute ma vie avec eux et leurs cinq voitures. Comme ça, il aurait toujours eu quelqu'un avec qui aller chez le coiffeur.

Mais il aurait alors aussi eu quelqu'un avec qui se disputer jusqu'à la fin de ses jours. Derek est un spécialiste de tout ce qui touche à l'informatique, je peux en juger, et il connaît bien sa Camaro : c'est sans doute pour cette raison qu'il croyait être un spécialiste en tout. Notamment en tout ce qui concernait l'Europe. Il faut dire qu'il n'y avait jamais mis les pieds. On se disputait au moins deux fois par semaine sur des questions européennes – jusqu'à ce qu'on en arrive à ne plus se parler du tout. Et ça le mettait hors de lui que je porte un sweat *rose*. *"Pink triangle and yellow star"*, lui ai-je dit un jour. Le triangle rose et l'étoile jaune. Il s'est rudement mis en colère.

La fois où on a passé quelques jours à Las Vegas, on avait pris une suite avec deux chambres. Beryl et moi, on devait dormir ensemble et, pendant la nuit, ils ont laissé la porte ouverte entre les deux chambres pour le cas où il me serait venu à l'idée de violer leur imbécile de fille. Bon, je sais bien que je n'aurais pas pu dormir dans la même chambre que Glenda, et Derek a tellement de trucs pas nets dans la tête qu'il s'affole déjà rien qu'à la vue d'un sweat-shirt rose, mais, quand même, ils auraient pu laisser cette satanée porte fermée.

Dans un pays où je n'ai rencontré presque que des gens vraiment sympathiques, je suis justement tombé sur la famille avec laquelle j'avais le moins d'affinités. Ils me font de la peine, tous les trois. Enfin, je veux dire, maintenant que je n'ai plus rien à voir avec eux, ils me font vraiment de la peine. Surtout Glenda. Ce doit être assez horrible d'être mariée à un homme qui bande toutes les quatre semaines parce qu'il va chez le coiffeur avec son fils, alors qu'il n'a même pas de fils.

Oui, ils me font de la peine, tous les trois, mais surtout Glenda, même si je trouve qu'elle aurait quand même pu venir à l'aéroport. Mais Glenda n'est pas comme ma mère. Glenda est la femme de Derek, la mère de Beryl. Et c'est déjà à peu près tout ce qu'elle est. Quand je pense aux trois Morrison, je me rappelle toujours combien Noël était soporifique chez eux. Récemment, à la télé, j'ai vu ce navet avec Meg Ryan et Tom Hanks, *Nuits blanches à Seattle*. Le film était tellement nul que j'ai presque tout oublié. Je ne me souviens plus que d'une seule scène. C'est plutôt au début, pendant les fêtes de Noël, quand deux des personnages annoncent aux autres membres de la famille qu'ils vont se marier et que tout le monde déborde de joie. Ça m'a fait penser aux Morrison. Une fois que tout le monde est marié, ai-je pensé, il n'y a plus rien à annoncer à Noël et alors ça se passe exactement comme chez Glenda, Derek et Beryl.

Trois jours avant Noël, ils commençaient déjà à déballer leurs cadeaux, et, pour le Jour de l'an, Glenda et Beryl se sont couchées tôt, et avec Derek on a regardé une cassette. Un film de guerre débile. C'est vraiment une vie de rêve quand, pour le Jour de l'an, les hommes matent un film de guerre pendant que les femmes dorment.

IX

Il y a trois jours, c'était mon anniversaire. Dix-huit ans. Maintenant, je peux entrer dans tous les cinémas. Le soir, je suis allé au restaurant avec mes parents et mes quatre grands-parents, et après je suis passé prendre Karen pour aller manger une glace. Il faisait encore très chaud, on s'est assis dehors. Il y avait quelques étoiles dans le ciel et la lune n'était qu'un croissant très mince. Agréable sensation d'Orient. Karen a dit : "Quand la lune n'est qu'un croissant, il fait tout de suite plus chaud partout."

Parfois, il se passe des choses quand même étranges avec les filles. Vous êtes assis quelque part, devant un glacier ou un autre, vous discutez avec elles et, soudain, vous sentez leur *peau*. Pourtant, vous êtes assis face à elles. A un mètre de distance environ, mais vous sentez quand même leur peau. C'est comme si elles vous touchaient. Très délicatement. Comme si les duvets qui couvrent votre peau et la leur se touchaient. Presque partout. Sur tout le corps. Et tout d'un coup, vous ne sentez plus votre peau. C'est vraiment fou : on était assis là et, tout d'un coup, la peau de Karen était ma peau. Je la regardais, on se parlait à voix basse et je sentais sa peau peser délicatement sur la mienne, et elle avait ce sourire fou de sorcière, et je voyais dans ses yeux qu'elle savait ce qui se passait sur ma peau.

J'aurais pu rester assis là comme ça toute la nuit. Je ne sais pas si d'autres personnes ont déjà vécu la même chose, mais après, quand on rentre chez soi, on est toujours dans cette autre peau et en même temps on sent cette peau de l'extérieur. Très délicatement, juste à travers le duvet. Ça dure encore des heures. En fait, on ne se rend compte que le lendemain que quelque chose a changé. Que l'on a retrouvé sa propre peau.

Pendant qu'on mangeait notre glace, Karen m'a donné mon cadeau d'anniversaire. Une raquette de tennis. Evidemment, une de *mes* raquettes Head. Ce sont les seules avec lesquelles je joue. Elles coûtent une fortune. Je ne sais vraiment pas où elle a trouvé tant d'argent. "Eh ben dis donc, lui ai-je dit. Avec ce que tu as dépensé pour *cette* raquette, on pourrait aller chaque jour manger des glaces tous les deux pendant un été entier.

— Je sais bien", a dit Karen.

Elle avait enroulé autour du manche de la raquette une carte avec un poème. Le poème était en anglais.

> *Singing waka, reciting poems, playing ball*
> *together in the fields –*
> *Two people, one heart.*

"Ryôkan, ai-je dit.

— Ryôkan", a-t-elle répondu.

En dessous du poème, elle avait écrit : "Pour après."

Elle ne peut pas savoir que je vais arrêter le tennis. Que je ne fais plus de tournois. Que je ne vais plus aux entraînements.

"Ta raquette, je la garderai toute ma vie. Et quand je mourrai il faudra m'enterrer avec", ai-je dit.

Karen n'a rien répondu.

Benjy m'a envoyé de Londres le livre d'un Français – Montaigne. Les *Essais*. En anglais. Et sur l'une des premières pages, il a écrit quelques mots de ce Montaigne : *Si on me presse de dire pourquoi je l'aimais, je sens que cela ne se peut exprimer, sinon en répondant : "Parce que c'était lui ; parce que c'était moi. Nous nous cherchions avant que de nous être vus."*

Et il m'a écrit une nouvelle petite lettre :

"Cher Gogo,

je te souhaite un très bel anniversaire et aussi une longue vie heureuse. Si j'ai bien compris ton père, tu passes maintenant la majeure partie de ton temps à manger des glaces. Ce que tu fais donc sans doute aussi le jour de ton anniversaire. Dis-lui bonjour de ma part. Il paraît qu'elle est particulièrement jolie (même si personne ne l'a jamais vraiment vue).

Je t'envoie les *Essais* de Montaigne. En anglais, bien sûr, puisque tu détestes le français et que je ne pouvais pas les trouver en allemand ici. Peut-être que ça ne t'intéressera pas beaucoup pour l'instant, mais lis au moins quelques passages. Si ça ne t'intéresse pas maintenant, alors ce sera pour plus tard.

Et n'oublie pas : Parce que c'était lui ; parce que c'était moi. On peut aussi changer : Parce que c'était *elle* ; parce que c'était moi. Nous nous cherchions avant même que de nous être vus. Cela arrive assez rarement, alors ne l'oublie pas.

Ton vieux danseur fatigué, Benjy."

Très bizarre. Le cadeau d'anniversaire que Karen m'a offert est "pour après" et Benjy dit "pour plus tard". Mon grand frère Benjy. Le plus souvent, quand je pense à lui, je ressens ce que j'avais ressenti la fois où il m'a traversé en dansant comme si j'étais une porte que l'on franchit. La même année, l'année de mes quatorze ans, on a tous été invités à un grand mariage, toute la famille. C'était une fête gigantesque dans un restaurant gigantesque. Et après le repas gigantesque, tout le monde a dansé. Benjy a dansé plusieurs fois avec une superbe grande blonde. Elle devait avoir dans les quarante ans et avait des dents magnifiques. Elle a presque ri tout le temps pendant qu'elle dansait avec Benjy.

Benjy est venu se rasseoir à côté de moi à notre table. Pendant quelques instants la blonde a dansé près de nous et on a alors entendu son cavalier dire : "Mais enfin qu'est-ce que tu fais ? C'est *moi* qui mène ou bien c'est *toi* ?"

Benjy a ricané. "Ils ne peuvent pas supporter que les femmes mènent la danse de temps en temps. Celui-là est médecin-chef et il danse comme un médecin-chef. Et encore, ça, ça n'est pas trop grave. Quand on fréquente un patron, on sait à quoi s'en tenir. Ce qui est grave, c'est que ceux qui ne sont pas médecins-chefs dansent eux aussi comme des médecins-chefs."

Il observait les deux danseurs avec un sourire sournois. Puis il a dit : "Quand tu seras un peu plus âgé et que tu sauras danser, on ira à une soirée et on dansera tous les deux avec toutes les femmes pour les dévergonder. Après ça, les hommes seront complètement désorientés et remueront dans tous les sens, comme s'ils dansaient sur des charbons ardents. Oui, on va dévergonder toutes leurs nanas."

Et maintenant, on ne dansera peut-être jamais à aucune soirée tous les deux et on ne dévergondera peut-être jamais aucune nana. J'aimerais tellement le faire. Benjy a ensuite jeté un coup d'œil à nos parents qui dansaient ensemble. Il a souri et dit : "Ton vieux ne *mène* pas non plus, d'ailleurs. Mais il ne le remarque même pas. C'est naturel, chez lui."

A ce moment-là, je me suis senti terriblement fier de mes parents. Je crois que ma mère est tout simplement trop douée en musique pour se laisser guider par n'importe quel hippopotame, que ce soit sur une piste de danse ou ailleurs.

Je ne sais pas comment on devient comme ma mère. Il faut sans doute une combinaison de beau-coup de choses pour y arriver. C'est sûrement une très longue histoire dont on ne peut saisir qu'une partie. Quand ma mère était bébé, ma grand-mère faisait médecine et mon grand-père jouait du saxophone dans un club, le soir. Ils vivaient de l'argent qu'il gagnait en jouant. L'après-midi, mon grand-père allait souvent au parc avec le landau, il l'installait sous un arbre quand il faisait chaud, sortait son saxophone et s'exerçait pendant une heure ou deux. Il faisait les cent pas dans l'herbe en jouant du saxophone, et sa fille dormait et rêvait dans son landau. Mon grand-père nous a toujours dit, à Benjy et moi : "Votre mère connaissait déjà un tas de chansons par cœur avant de dire son premier mot. Je veux dire, avant même de savoir parler, elle avait déjà en tête une quantité incroyable de musique. Avant même de savoir dire maman ou papa, elle connaissait déjà l'air de *Chattanooga Choo-Choo*."

Il existe une photo de mon grand-père en train de jouer du saxophone dans le parc. La photo est accrochée au-dessus du bureau de mon père : le ciel est couvert, c'est sûrement en novembre, et on voit devant des buissons un jeune homme mince avec un saxophone. A côté de lui, il y a un landau. On ne peut pas voir s'il y a un enfant dans le landau. C'est la plus ancienne photo qui ait été prise de ma mère.

Hier soir, le samedi qui a suivi mon anniversaire, on était invités à un barbecue chez les parents de Tom. Tom est né un jour après moi et ses parents ont profité de son anniversaire pour faire un barbecue. J'ai toujours trouvé ça chouette qu'on n'ait qu'un jour de différence, presque comme des jumeaux. Comme si dès le départ il était évident qu'on allait devenir amis. J'aime vraiment beaucoup les barbecues. Quand j'étais plus petit, souvent, j'observais avec Benjy les gens qui se faisaient les yeux doux et cela nous faisait toujours pouffer de savoir qu'au dernier barbecue ils avaient déjà fait les yeux doux à quelqu'un d'autre. C'était toujours très drôle et très palpitant.

Les parents de Tom ont une maison immense avec un jardin immense, c'était une fête immense, le ciel était immense et vaste, et Tom m'a regardé plusieurs fois tristement, puis a fini par dire : "En fait, on ne se voit plus qu'au lycée, pendant la pause, et au club." Mais il aime bien Karen. Il se sent juste un peu abandonné.

Tard dans la soirée, Karen et moi, on est allés au fond du jardin, là où il n'y avait personne. Le ciel était terriblement noir, chaud et frais, et les étoiles et la lune étaient elles aussi chaudes et fraîches. On buvait du champagne, comme à tout barbecue de bonne famille. Karen portait une longue robe noire très fendue. On n'avait plus rien dit depuis un moment et, soudain, elle a lancé :

"Ecoute.

— Oui", ai-je fait.

Elle a dit :

"Nous buvons avec les paysans du saké sucré
jusqu'à ce que nos sourcils
soient blancs de neige."

Elle m'a regardé et a bu une gorgée de champagne. Puis elle a dit :

"Pas mal, non ?

— Oui, ai-je fait et j'ai bu une gorgée de champagne.

— Ryôkan, a-t-elle dit.

— Oui, ai-je dit. Qui d'autre ?

— C'était il y a deux cents ans environ, a-t-elle continué. Un hiver, Ryôkan rentrait chez lui avec un ami ou avec cette jeune nonne et ils ont rencontré des paysans, alors ils sont restés devant la ferme à boire du saké pendant qu'il neigeait."

Je l'ai regardée et en même temps j'ai regardé la lune. C'était assez difficile, mais j'y arrivais. Bon, ce n'était pas si difficile que ça, vu que la lune était juste derrière elle sur la gauche et non pas quelque part ailleurs dans le ciel.

"Hé, a-t-elle fait. Tu as les sourcils vraiment touffus ! Et ils sont tout blancs de neige, mais tu n'as pas l'air japonais du tout. Tu ressembles plutôt au vieux Tolstoï, sauf que, lui, il avait une longue barbe broussailleuse et une blouse blanche serrée à la taille par une ceinture noire.

— Deux cents ans", ai-je dit.

On a trinqué et bu une gorgée de champagne, et Karen a répété le poème une seconde fois :

"Nous buvons avec les paysans du saké sucré jusqu'à ce que nos sourcils
soient blancs de neige."

"C'est vraiment un très joli poème d'été", ai-je dit et Karen a ri, a éclaté de rire, et dans le vent que faisait naître son rire les flocons de neige posés sur ses sourcils se sont envolés dans la nuit comme des vers luisants fous.

Peu après, Tom est venu nous rejoindre au fond du jardin.

"Qu'est-ce que vous fabriquez là-bas derrière ? a-t-il demandé.

— On fait une sacrée bataille de boules de neige", a dit Karen.

Ses yeux étaient noirs et brillaient dans la nuit parce qu'elle venait juste de rire.

"Oui, ai-je dit. On fait une sacrée bataille de boules de neige", et j'ai ramassé dans l'herbe mon pull-over de toutes les couleurs et l'ai lancé à Tom. "Tu peux le garder, ai-je dit. C'est mon deuxième cadeau."

Ce pull-over d'été est le plus extraordinaire et le plus multicolore des pull-overs qui existent. Ma mère me l'a tricoté avant que je parte en Californie. Sinon, elle ne tricote jamais. Une fois le pull-over terminé, elle me l'a mis sur les épaules, a reculé de quelques pas et m'a regardé. "Ouf, a-t-elle fait. C'est le troisième pull-over que j'ai tricoté dans ma vie. Le troisième et le dernier. Maintenant, le tricot, c'est terminé."

Je ne crois pas que l'on puisse véritablement décrire la couleur de ce pull. On ne peut pas décrire toutes ses couleurs, mais ce qui est sûr, en tout cas, c'est que vous n'avez jamais vu un pull-over pareil.

Maintenant, il faut peut-être que je vous dise aussi que ma mère a une relation particulière aux couleurs. Ou plutôt aux nombres et aux lettres. Ma mère a une particularité ou une faculté que l'on appelle synesthésie. Elle est synesthète : elle voit tous les nombres et toutes les lettres, tous les mots, en couleurs. Pour elle, un A est par exemple d'un noir bleuté, un E est beige et un I rouge, un U est marron foncé, mat, et tire sur le vert olive, un D est beige comme le E, mais brillant, et un H par exemple est bleu-vert pâle, etc.

Quand j'étais petit, je faisais parfois un jeu avec elle avant de m'endormir et je lui demandais : "De quelle couleur est *ciel* ?" ou "De quelle couleur est *tête* ?" Ou *tournesol*. Ou *compartiment*. *Compartiment* est noir-anthracite-marron avec des points rouges et la couleur de *ciel* va du bleu clair au rouge clair, et *tête* est marron foncé, un marron dur. Ou encore je lui demandais : "De quelle couleur est *Gogo* ?" *Gogo* est marron foncé comme *tête*, mais plus doux. Et *Tom* ? Marron foncé aussi. Evidemment, j'ai oublié les couleurs depuis, mais comme je savais que j'allais écrire ça aujourd'hui je lui ai demandé ce soir la couleur des lettres et des mots. Et de quelle couleur est *Benjy* (marron clair, presque beige, avec des points rouges) et la couleur de *Californie*. *Californie* scintille de presque toutes les couleurs, mais de couleurs *franches*. *Anniversaire* est rempli de tons chauds, bruns, et au début le mot est presque jaune, et *tennis* est jaune aussi, avec des points rouges, et pour finir ma mère a ajouté : "Et si tu veux savoir de quelle couleur est *Karen – Karen*, c'est noir, et quand on le prononce à l'anglaise (et toi, tu le prononces toujours à l'anglaise), alors ça tire sur le bleu."

C'est peut-être aussi à cause de cette histoire de synesthésie que ma mère sait si bien s'orienter dans n'importe quel endroit. Elle ne se perd pour ainsi dire jamais. Elle sait toujours quel chemin prendre. Dans n'importe quelle ville. Partout. Et, apparemment, les autres s'en aperçoivent. Quand on est dans une ville inconnue, il y a toujours des gens qui accostent ma mère pour lui demander le chemin d'une église ou de n'importe quoi d'autre. Ça arrive presque tout le temps. A mon avis, même à Pékin, des Chinois lui demanderaient comment trouver telle rue, tel bâtiment ou bien le centre des impôts, même si elle n'a vraiment pas l'air d'une Chinoise et même s'il n'y a peut-être pas de centres des impôts en Chine.

Quand ma mère m'a mis le pull sur les épaules, elle a dit : "Il y a là les couleurs de tous les mots importants – essaie-le."

J'ai enfilé le pull et il m'allait vraiment sacrément bien. "C'est ta cotte de mailles maintenant, ton armure, a dit ma mère. Ton armure multicolore de chevalier. Pour qu'il ne t'arrive rien en Amérique." Avant, elle n'aurait jamais dit cela. Elle l'aurait peut-être *pensé*, mais elle ne l'aurait jamais dit. Je crois qu'elle pensait à Benjy tout en nous regardant, mon pull et moi. Elle a d'ailleurs ajouté : "Mon fils, mon chéri, mon beau." Cela sonnait presque comme "divin" ou "charmant", comme ces mots qu'elle emploie maintenant sans cesse pour retenir Benjy, mais elle a tout de suite souri à nouveau et dit : "Les filles de Californie vont toutes tomber raides amoureuses de ton *pull-over*. Mais ne te fais pas trop d'illusions. C'est juste le pull."

Les filles de Californie ! Tiffany a porté ce pull plusieurs fois et quand j'ai pris l'avion pour le retour je le portais aussi. Et je me suis *gelé* pendant tout ce satané voyage ! Et cette fois, chez Tom, dans le jardin, Tom a pris le pull-over et l'a mis sur les épaules de Karen. "Il n'est pas pour moi", a-t-il dit. Et Karen a pris le pull et me l'a mis sur les épaules. "Ni pour moi", a-t-elle dit.

Il n'est pas pour moi. Tom a parfois vraiment de la classe. S'il ne bégayait pas, il serait l'un des meilleurs orateurs et débatteurs au monde. Et d'ailleurs, il a déjà connu *un* moment pareil. C'était en seconde. En anglais. Chez ce trou du cul d'Arnold.

Arnold nous avait fait un petit discours arrogant sur la traduction et après, pendant le débat, Tom a levé la main, ce qu'il fait rarement, et en tout cas sûrement pas dans le cours d'Arnold. Arnold lui faisait toujours la même blague minable : quand il demandait quelque chose à Tom, il ajoutait toujours immédiatement : "Non. Laisse. Il me faut la réponse avant la fin du cours." Ou alors il l'interrogeait *très* lentement, comme si Tom *entendait* mal.

Le jour du débat sur la traduction, Tom a dit très lentement, si bien qu'on pouvait craindre qu'il ne se mette à bégayer d'un moment à l'autre :

"Parfois, il faut traduire *oui* par *non* et *merci* par *s'il vous plaît*.

— Balivernes, a dit Arnold. Qu'est-ce que c'est que cette histoire ?

— Pour le thé par exemple, quand on vous demande si vous désirez encore une tasse, a dit Tom, et j'avais peur qu'il ne se remette à bégayer dans la seconde. Eh bien, quand on vous demande si vous voulez encore du thé et que vous dites *thank you*, il faut traduire par *s'il vous plaît*.

— N'importe quoi ! a dit Arnold.

— Mais si, c'est vrai, a dit Tom. Si vous ne voulez plus de thé mais que vous dites *thank you*, on vous ressert une tasse.

— N'importe quoi ! a répété Arnold. J'ai vécu trois ans à New York et je n'ai jamais entendu ça."

Et Tom a dit le plus naturellement du monde et sans la moindre hésitation, comme quelqu'un pour qui le bégaiement ne se voit qu'au cinéma : "Vous avez peut-être bien vécu trois ans à New York. Mais, apparemment, vous n'avez jamais été invité à prendre le thé par qui que ce soit."

Et toc ! J'étais terriblement fier de lui, et après le barbecue, en rentrant, j'ai raconté cette histoire à Karen. Elle n'a rien dit, mais j'ai bien vu qu'elle aussi était sacrément fière de lui.

X

J'ai remporté mon dernier tournoi de tennis. Et pendant que je jouais, je pensais tout le temps à Karen. En finale, j'ai perdu le premier set, puis remporté les deux autres au tie-break. C'était vraiment limite. D'ailleurs, un tie-break, c'est toujours un coup de chance. Ça n'a rien à voir avec des nerfs d'acier ou ce genre de trucs. Gagner, c'est presque toujours un coup de chance.

Après le tournoi, j'ai dit à l'entraîneur que j'arrêtais. Il s'est sacrément mis en pétard. Il n'y comprend rien du tout. Pourtant, c'est très simple : quand on veut jouer comme moi, il faut s'entraîner énormément et, ça, je n'en ai plus envie. Evidemment, notre entraîneur ne peut pas comprendre et je n'ai d'ailleurs pas perdu mon temps à essayer de lui expliquer. Oh là là, il était vraiment en pétard.

C'était la semaine dernière.

Bien sûr, le tennis va me manquer. Ce sentiment incroyable quand je gagne. Ce sentiment d'être invincible. C'est dans ces moments-là – quand je suis en train de perdre, quand chaque point compte, quand je suis obligé de marquer les *big points*, tous les *big points*, parce qu'il est déjà trop tard et que sinon tout serait perdu – que je suis le plus calme. Je crois même que je ne suis jamais complètement calme, sauf pendant ces quelques minutes. Quand j'étais petit, j'étais vraiment hyperactif et je suis d'ailleurs encore si remuant aujourd'hui que je n'aurais certainement jamais pu inventer le lit, la chaise ou la table. Peut-être que j'aurais pu inventer la roue ou l'arc, mais jamais la chaise ou le lit. Oui, ça va sacrément me manquer. Ces moments où j'étais vraiment calme tout en étant forcé de bouger. Ça va beaucoup me manquer. Cette force démente, incroyable, omniprésente, quand le corps tout entier est comme *lumineux*. Je crois que les drogues ne sont rien comparées à ce sentiment. Mais je ne peux pas faire autrement. Et je ne veux pas faire autrement.

Mardi, j'ai appelé Gregory. Gregory est le meilleur ami de mon père. En fait, il s'appelle Gregor, mais mon père l'a baptisé Gregory. Ils allaient déjà à l'école ensemble, comme Tom et moi. Et Gregory est aussi le meilleur ami de ma mère. Et parmi tous les adultes que je connais, c'est aussi mon meilleur ami. C'est lui qui m'a amené sur un court de tennis pour la première fois de ma vie et qui m'a tout appris quand j'étais encore tout jeune, quand j'avais peut-être six ou sept ans. Maintenant, je voulais lui dire moi-même que j'arrêtais le tennis. Après tout, c'est avec lui que tout a commencé et il a toujours dit que j'irais loin.

Cela fait plusieurs années maintenant que Gregory habite dans un chalet forestier en Bavière, c'est pour cette raison qu'on ne peut pas l'appeler tout simplement chez lui. Quand on veut lui téléphoner, il faut tenter le coup le soir dans l'une des trois auberges du coin, et avec un peu de chance on tombe sur lui. J'ai eu de la chance et je suis tombé sur lui dès la première auberge.

"Oui, bien sûr que tu peux venir me voir, a-t-il dit. Et avec *qui* as-tu l'intention de venir ?

— … ai-je dit.

— Joli prénom."

J'ai dit :

"…

— Bien sûr que vous pouvez dormir à la maison.

— … ai-je dit.

— Pas de problème. Vous prenez le train jusqu'à Passau et je viens vous chercher. Vers dix heures du soir. Dans la Bräugasse, juste à côté du pont suspendu."

J'ai dit :

"…

— Vous n'avez qu'à attendre que j'arrive. Je finirai bien par arriver.

— … ai-je dit.

— Entre-temps, vous n'aurez qu'à faire un tour en ville, aller au cinéma ou faire ce qui vous plaît. D'accord ?"

J'ai ajouté :

"…

— Oui, peut-être un peu plus tard. Il faut que j'attende mon chauffeur, tu sais bien. Bon, à vendredi, alors."

Avant de s'installer dans la forêt, en Bavière, Gregory était écrivain. Il a écrit quatre livres, trois recueils de nouvelles et un récit un peu plus long, mais personne ne voulait écouter ce qu'il avait à raconter. Alors il a tout simplement cessé d'écrire et, en même temps, il a eu une chance incroyable et il a gagné beaucoup d'argent au loto. Avec une partie de cet argent, il s'est acheté un terrain en Bavière et a construit un chalet, et comme il n'a pas le permis mais qu'il avait besoin d'un moyen de transport il s'est acheté un cheval et a aussi construit une écurie à côté du chalet. Peu après, il a acheté un deuxième cheval. Au cas où il aurait de la visite. Et pour que le premier cheval ne se sente pas seul.

Au début, il ne passait qu'une partie de son temps en Bavière, mais, après, il a perdu au jeu l'argent qu'il avait gagné au loto et qui aurait suffi à toute une vie (et à quelques autres vies aussi), alors il a définitivement emménagé dans son chalet, dans la forêt bavaroise. Et maintenant, il ferre les chevaux des clubs hippiques de Basse-Bavière et d'ailleurs. Il y a huit ans, il a rencontré une femme qui avait le permis de conduire. Ensemble, ils se sont acheté une camionnette et depuis ils vont de club en club pour ferrer les chevaux. Il a appris le métier quand il était jeune. C'est leur gagne-pain.

Mais il ne vit avec cette femme que lorsqu'ils font leur tournée. Sinon, chacun a sa vie. La plupart du temps, le soir, il va faire un tour à l'auberge d'un village environnant et bavarde avec les gars du coin ou les plume aux cartes. Et puis il rentre au chalet. Toutes les deux semaines, il retrouve quelques amis dans un vieux château pour des séances de spiritisme. Ils font bouger les tables et ce genre de machins. L'un des participants est inventeur, un autre est enseignant, et puis il y a aussi un mathématicien et un pasteur. Il n'y a qu'une seule femme dans le groupe. Elle possède une boîte de nuit en ville et mon père pense que l'intérêt de Gregory pour elle n'est pas uniquement spirituel.

J'ai passé plusieurs fois des vacances chez Gregory, quand j'étais plus jeune. C'était toujours terriblement excitant. Dans son chalet, il a cinq ou six armes et il m'a appris à tirer, et aussi à pêcher, à monter et ferrer les chevaux. Je me souviens encore très bien de la première fois où on est allés pêcher. Sur le terrain de Gregory, il y a une rivière assez large, célèbre pour ses truites. On était assis sur la rive et, chaque fois qu'une truite mordait à l'hameçon, Gregory tirait sur la ligne, détachait la truite du hameçon et la remettait à l'eau.

"Pourquoi est-ce que tu la remets à l'eau ? lui ai-je demandé.

— Mais enfin, je suis végétarien, a-t-il dit. Tu ne le savais pas ?"

Et le soir, à l'auberge, il a mangé du rôti de porc. L'une des photos accrochées au-dessus du bureau

de mon père est une photo de Gregory : il est assis
avec une canne à pêche au bord d'un ruisseau, au
bord de *son* ruisseau évidemment, et à côté de lui
est assis un chat noir qui regarde en direction du
ruisseau. Chaque fois que je regarde cette photo,
j'entends la voix de Gregory : "Mais enfin, je suis
végétarien – tu ne le savais pas ?"

Karen et moi, on est arrivés en train à Passau le
vendredi après-midi. Vers deux heures et demie. Il
nous restait donc pas mal de temps. On a déposé
nos bagages dans une consigne à la gare et on est
descendus vers la vieille ville, puis on est passés
par le pont suspendu et on a pris le chemin qui
monte vers la forteresse. Régulièrement, on s'arrêtait pour regarder la ville en contrebas, chaque fois
un peu différente. Karen était vraiment fascinée.
C'était un après-midi chaud et clair, on avait presque le sentiment de flotter dans les airs. On grim-
pait le chemin en lacets qui mène à la forteresse et
en même temps on flottait au-dessus de la ville, et
une fois arrivés au sommet on a regardé les trois
fleuves en contrebas. Vue d'en haut, la ville a l'air
d'un bateau qui navigue sur deux fleuves en même
temps, sur le Danube et sur l'Inn, et sur la gauche
un autre petit fleuve qui s'appelle l'Ilz les rejoint.
Tout est toujours en mouvement – en bas, quand
on remonte le cours de l'Inn en bateau, on a l'impression que quelqu'un déplace les grands immeubles colorés comme des décors de théâtre. "C'est

comme si quelqu'un déplaçait sans cesse les faça-
des des immeubles, a dit Karen quand on a remonté
le cours de l'Inn en bateau. C'est beau, a-t-elle dit.
Comme si un magicien jouait avec les immeubles."

On s'est assis en terrasse à un café, on a mangé
un morceau et, à sept heures, on est allés au
cinéma. La projection avait lieu dans une vieille
salle voûtée qui avait dû être autrefois une cave à
vin ou un entrepôt et, pour y arriver, il fallait traverser une petite cour intérieure très romantique.
Au niveau des étages supérieurs, des galeries donnaient sur la cour par des ouvertures en arcade.
Dans la salle de cinéma, il y avait peut-être quatre
ou cinq personnes à part nous. Les fauteuils semblaient venir d'un autre vieux cinéma qui aurait
fait faillite. "Est-ce qu'il y a autant de chewing-
gums collés sous ton fauteuil ?" ai-je chuchoté
dans l'obscurité. J'ai senti que Karen tripotait sous
son siège. Puis elle m'a chuchoté : "Oui, au moins
une demi-livre." Et elle m'a demandé un mouchoir.

Le film qu'on a vu, c'était *Rossini*. De très belles
images, mais sinon un peu ennuyeux. A peu près à
la moitié du film, le projectionniste est sorti de son
cagibi en courant. Il a traversé la salle obscure en
se penchant pour ne pas gêner, est allé chercher la
seconde bobine de *Rossini* dans un placard installé
sous la toile et a rejoint son cagibi en courant.
Ensuite, le film s'est arrêté, la lumière s'est rallumée pendant quelques minutes, puis on s'est à
nouveau retrouvés assis dans l'obscurité à regarder
ce que la deuxième bobine nous réservait. Karen

m'a donné des coups de coude en pouffant. La deuxième bobine avait une tout aussi belle photo que la première et était tout aussi ennuyeuse. Pendant le film, je n'arrêtais pas de penser que le projectionniste devait faire ça à chaque séance. Je trouve ça génial, qu'un tel cinéma existe.

Quand la lumière s'est rallumée à la fin du film, le projectionniste est ressorti de son cagibi, s'est approché de nous et nous a demandé ce qu'on avait pensé du film. Il devait avoir dans les vingt-cinq ans et il a dit : "Est-ce que je peux juste vous poser une petite question ? Qu'est-ce que vous en avez pensé, vous ?

— Ma foi, a dit Karen. Je m'attendais à pire.

— Je l'ai trouvé nul, a dit le projectionniste. C'est vraiment trop bête, a-t-il ajouté. Je ne suis là qu'aujourd'hui, pour aider, je me faisais une joie de projeter ce film et, en fin de compte, c'est un navet.

— Je ne le trouve pas si mauvais, a dit Karen. C'est un film sur des gens antipathiques pour lesquels on parvient finalement à éprouver de la pitié. Ce n'est déjà pas si mal. Et en dehors de ça, la photographie est vraiment fantastique."

Le projectionniste a dit : "Merci", et quand on s'est retrouvés dehors Karen a dit : "C'est dingue. Je ne suis encore jamais allée dans un cinéma où, après la séance, le projectionniste remercie les gens, même pour des critiques de rien du tout."

On a ri. Et elle a demandé : "Ils sont tous comme ça, ici ?"

J'ai fait comme si je devais réfléchir, avant de répondre : "Non, pas tous. Mais presque tous ceux que je connais."

Et c'était la vérité, en plus. Quand Gregory est arrivé au pont suspendu avec presque une heure et demie de retard, un peu avant onze heures et demie, il a sauté du siège passager, m'a donné un petit coup de poing sur la poitrine et a dit : "Gogo, j'ai bien cru que tu ne viendrais plus jamais me voir ! Comment ça va, le tennis ? Les journaux ne parlent jamais de toi. Vous attendez depuis longtemps ?"

Il a regardé Karen. Il l'a regardée longuement de haut en bas, comme un mauvais acteur dans une mauvaise comédie. Il aime bien faire ça. Il déteste les mauvaises comédies, mais il est quand même un mauvais acteur. Puis il a ri et a dit : "Je ne suis *pas* surpris." Karen a rougi. Je ne l'ai jamais vue rougir. Elle a rougi comme quelqu'un rougirait dans une comédie très drôle et elle a ri aussi.

Entre-temps, la femme qui conduisait était aussi descendue de la voiture. C'était Ulla, avec qui Gregory fait toujours équipe pour ferrer les chevaux. Gregory lui a présenté Karen : "Voici Karen, dont je ne sais rien", puis il m'a présenté. Je connais Ulla depuis sept ou huit ans déjà, mais Gregory, ça lui est égal. Il prend tout simplement plaisir à présenter les gens et quand il présente quelqu'un il énumère aussi directement toute sa famille. Il a dit : "Voici Vincent Berlinger, enfin, *Gogo* Berlinger, joueur de tennis, fils de mon ami Klaus Berlinger et de mon amie Cora Berlinger, et frère de

Benjy Berlinger, danseur. Joueur de tennis et danseur – deux activités plutôt inutiles. Tout comme écrivain."

On est montés dans la petite Fiat avec laquelle ils étaient venus, puis on est passés prendre nos affaires à la gare et on s'est éloignés de la ville pour longer le Danube sur l'autre rive. On a traversé le tunnel, franchi l'Ilz, longé à nouveau le Danube en suivant son cours, passé Erlau et Obernzell, et puis on a roulé encore un moment avant d'atteindre le coin où se trouve le chalet de Gregory. Karen et moi, on était assis à l'arrière et on écoutait Gregory, qui a parlé pendant tout le voyage ou presque. Gregory parle beaucoup. En fait, il parle pratiquement tout le temps et je n'arrive pas à comprendre comment mon père et lui sont devenus amis, vu que mon père est aussi un vrai moulin à paroles. Je ne sais pas à qui parle Gregory quand il est seul dans la forêt. C'est un homme plein d'énergie, plutôt quelqu'un qui est fait pour la ville et pas pour la forêt, il est assez bruyant et, ce qui est bizarre, c'est que presque tout ce qu'il écrit est feutré.

J'ai pris plaisir à lire ses livres et il y en a un que j'avais avec moi en Amérique. La nouvelle que je préfère, c'est celle qui s'appelle *Le Faiseur d'enfants*. C'est une nouvelle assez courte, peut-être huit ou neuf pages, sur un homme qui se retrouve sans arrêt père sans avoir jamais fait l'amour avec les mères des enfants. Non, évidemment, ce n'est pas comme ça. Enfin, je veux dire, si, évidemment,

145

c'est ça. Enfin bon, voilà comment ça se passe : par exemple, il tombe amoureux d'une femme et, très vite – avant qu'ils aient fait l'amour –, la femme tombe enceinte de quelqu'un d'autre. Ils ne voulaient peut-être même pas faire l'amour, d'ailleurs – en tout cas, la femme est enceinte. Toutes ses histoires d'amour se passent comme ça : il tombe amoureux de femmes qui ont des enfants d'autres hommes (le plus souvent de l'homme avec lequel elles vivent), et c'est ainsi que se termine *son* histoire d'amour. Il lui faut quelques années avant de le remarquer. Avant de découvrir qu'il fait partie d'un *système*. C'est une histoire triste et en même temps un peu folle. A un moment dans l'histoire, l'homme dit : "C'est vraiment bizarre : dès que j'apprécie une femme un peu plus que la vendeuse de journaux du coin – déjà, elle tombe enceinte."

Mon père a un jour baptisé cette nouvelle "l'hymne national personnel de Gregory". Mon père trouve que certaines des nouvelles de Gregory n'ont rien à voir avec la littérature, il écrit simplement des choses pour lesquelles il n'y a pas d'explication mais dont il sait qu'elles existent.

Le dernier livre de Gregory est un récit un peu plus long. C'est l'histoire d'une petite fille dont le père est alcoolique et qui devient ensuite une actrice célèbre. Ou alors, on peut aussi dire que c'est l'histoire d'une actrice célèbre qui a eu une enfance plutôt horrible parce que son père était alcoolique. Il a gâché son enfance, il a gâché la vie de sa mère, mais il ne l'a jamais battue ou menacée physiquement.

A un moment de l'histoire, l'actrice dit : "Il y a entre les hommes et les femmes une petite, mais aussi une grande différence – les hommes sont physiquement supérieurs et peuvent résoudre tous les conflits en employant la force ou en menaçant de l'employer s'il le faut, et pour la plupart des hommes il le faut toujours. Mon père n'était pas l'un de ces stupides machos. Il était bien trop fort pour ça, c'était un boxeur bien trop doué, il savait le mal qu'il pouvait faire. Il était si fort qu'il en avait encore conscience quand il était ivre. Il savait même quand il était ivre ce que beaucoup ne savent même pas quand ils sont sobres. Si mon père n'avait pas picolé autant, il aurait vraiment été un homme."

L'actrice rencontre un jour un producteur dont la spécialité est de détruire les femmes, les actrices. Dans le livre de Gregory, l'actrice se rend compte assez vite du genre de type à qui elle a affaire. "Tu fais jouer ces femmes dans des films où elles sont battues, violées, assassinées, et quand ensuite c'est *toi* qui les bats, tu as au moins l'impression de ne pas être le *premier*. C'est bien ça, non ? lui dit-elle un jour. Elles ont perdu leur innocence, pas vrai ? Et ce que tu leur fais subir, elles y sont déjà habituées, de toute façon – c'est bien à cela que tu joues, n'est-ce pas ? Etre battue un peu plus ou un peu moins, qu'est-ce que ça change, finalement ?" Elle met vraiment le doigt sur l'essentiel : "Tu les vois se faire battre et violer au cinéma et alors tu sais que ton heure est venue. Elles sont alors tout à fait à ton goût."

En plus, toutes ces femmes sont dépendantes du producteur sans qui on ne leur propose plus aucun rôle, même pas à la télévision. Officiellement, elles restent toujours de "bonnes amies" du producteur. Il a pas mal d'influence et le pied pour lui, c'est de faire jouer parfois deux ou trois d'entre elles *ensemble* dans un téléfilm de bas étage. Ce producteur est un sale petit porc et, dans le livre de Gregory, l'actrice le détruit. Elle n'est pas dépendante de lui, elle ne craint pas la violence physique, en tout cas pas plus que d'autres. Le producteur ne parvient pas à l'impressionner et elle le réduit à néant. Presque à la fin du livre, elle dit : "Comme dans un jeu où l'on veut prouver son courage, nous avons tous deux lancé nos voitures l'une contre l'autre, et je n'ai pas faibli. Il pensait que ce n'était qu'un jeu car jusqu'ici il avait toujours gagné. Mais ce n'était pas un jeu."

Ulla nous a laissés au croisement avant la colline qu'il faut franchir pour atteindre la forêt et le chalet de Gregory. Il faisait vraiment noir, Gregory nous précédait avec une lampe de poche. "Vous avez envie de voir les chevaux ?" a-t-il demandé à un moment. Je pensais à ce que ma mère m'avait dit un jour sur Gregory. Que le jour où ça n'irait pas, je pourrais toujours aller le voir, même s'il faisait des choses un peu folles. Elle avait dit : "Il n'est peut-être qu'un écrivain raté qui a perdu au jeu les quelques millions qu'il avait gagnés au loto, mais il t'accompagnera jusqu'au bout du monde." Et à ce moment-là, dans la forêt, j'avais l'impression d'aller au bout du monde. Il faisait vraiment sacrément noir et, soudain, je me suis senti terriblement heureux et j'ai donné à Karen une petite tape sur les fesses. Je n'avais encore jamais fait ça : donner à quelqu'un une tape sur les fesses.

"Hé ! a fait Karen en ruant comme un cheval.

— Hé ! ai-je fait et Gregory a demandé :

— Qu'est-ce que vous fabriquez là-derrière ?

— Elle me donne des coups ! ai-je dit.

— Bon, alors tout va bien", a dit Gregory.

En arrivant au chalet, on est d'abord allés jusqu'à l'écurie pour saluer les deux chevaux. Et puis on est entrés dans le chalet. En fait, le chalet de Gregory est plutôt une maison. Avec deux étages, même. "Pour que les bestioles de la forêt voient combien j'ai été riche", dit toujours Gregory. C'est un beau chalet avec une grande véranda. Gregory nous y a servi un whisky ("A moins que vous ne préfériez une limonade ?!!!") et on s'est assis sur le banc. Le ciel était très clair, cette nuit-là, et on pouvait voir vraiment beaucoup d'étoiles. "Ah, a fait Gregory. Cette bonne vieille Voie lactée. Et nous au milieu."

Un peu plus tard, il est entré dans le chalet et en est ressorti avec sa guitare. Et bien sûr, il portait son chapeau. Gregory ne joue jamais sans son chapeau. Il trouve cela parfaitement normal. "Tu n'as qu'à voir les gens qui font de la musique classique, m'a-t-il dit un jour. La plupart d'entre eux ne sont capables de jouer que lorsqu'ils sont déguisés en pingouin. Eh bien, moi, je ne peux jouer de la guitare que lorsque j'ai l'air de sortir d'un western."

Il a joué quelques morceaux, puis une chanson country que j'avais déjà entendue à la radio aux Etats-Unis, chantée par une femme. Mais, sinon, je n'ai jamais entendu cette chanson. Elle est peut-être très ancienne. Gregory a repoussé son chapeau vers l'arrière et a chanté tout bas :

Rain dripping off the brim of my hat
It sure is cold today
Here I am walking down 66
Wish she hadn't done me that way

Il a continué en fredonnant la mélodie. Sans doute avait-il oublié les paroles. Puis il a dit : "Ce n'est sûrement qu'un jingle publicitaire pour la route 66, mais c'est une chanson magnifique." Et il a continué à chanter tout bas :

Sleeping under a table in a roadside park
A man could wake up dead
But it sure seems warmer than it did
Sleeping in your king-size bed,

et Karen lui a fait signe, alors il a continué à jouer mais sans chanter parce que Karen chantait maintenant le même couplet une seconde fois :

Sleeping under a table in a roadside park
A girl could wake up dead...

Ensuite, ils ont chanté chaque couplet deux fois, d'abord Gregory, puis Karen :

Wind whipping down the neck of my shirt
Like I ain't got nothing on...

et encore, encore et encore, jusqu'à la fin de la chanson. On regardait la partie de la Voie lactée que l'on peut apercevoir depuis la véranda, et Karen et Gregory chantaient :

Yonder comes a truck from the US Mail
People are writing letters back home
Tomorrow you'll probably want me back
But I still will be just as gone.

Et entre les couplets, chaque fois, le titre et le refrain de la chanson :

Is Anybody Going to San Antone
(Or Phoenix, Arizona) ?

Quand ils ont eu fini de chanter, Gregory a enlevé son chapeau, l'a posé sur la tête de Karen et a tiré les bords vers le bas, ce qui donnait à Karen l'air d'une sorcière américaine.

"Je crois que tu fais partie de la famille, maintenant, a-t-il dit.

— Hou hou", a fait Karen, comme une sorcière.

Il ne pouvait évidemment pas savoir que pendant tout ce temps-là je pensais à Tiffany. Pendant tout le temps où ils ont chanté cette chanson.

Quand je me suis réveillé le samedi matin, j'ai entendu de drôles de bruits qui venaient de dehors et que je n'ai tout d'abord pas su identifier, mais j'ai ensuite compris peu à peu ce dont il s'agissait : Gregory a fixé un panier de basket à l'un des murs du chalet, et Karen et lui étaient en train de faire une partie pour le petit-déjeuner. Je suis descendu et j'ai joué un peu avec eux, puis on est allés tous les trois jusqu'au ruisseau, on a nagé un peu, fait une bataille d'eau et des ricochets, et une fois sortis de l'eau, Gregory et moi, on a attrapé Karen par les pieds et les mains, on a pris de l'élan en la balançant de gauche à droite, et on l'a jetée à l'eau. Il y a eu des éclaboussures impressionnantes, qui brillaient dans le soleil comme de jolies perles de pacotille. Cela ressemblait presque un peu aux étoiles de la Voie lactée.

Après le petit-déjeuner, Gregory est descendu jusqu'à la route parce qu'il devait aller en ville avec Ulla. Karen et moi, on a fait une balade à cheval dans le coin. Karen monte plutôt bien. Encore quelque chose qu'elle a déjà fait un jour. Parfois, j'ai le sentiment qu'elle a passé deux fois plus de temps sur terre que moi. En chemin, elle m'a dit :

"C'est assez japonais, par ici.

— Qu'est-ce que tu veux dire ? ai-je dit.

— Eh bien, c'est un peu comme chez Ryôkan. Gregory fait partie de ces gens qui peuvent passer une nuit entière cachés dans les toilettes, parce qu'ils croient que les enfants sont toujours à leur recherche."

Le soir, on a fait un grand repas. Six plats, dehors, sous la véranda. On était quatre parce que Ulla nous avait rejoints. "Aujourd'hui, il n'y a que des entrées, a dit Gregory. Je pense que c'est exactement ce qui vous convient à tous les deux."

Gregory est un grand cuisinier. Il n'y a sans doute pas un seul chalet au monde où l'on fasse aussi bien la cuisine. Et où l'on utilise des serviettes de *lin*. On a commencé avec des épinards, ensuite il y a eu des spaghettis, puis des rocamboles marinées, puis des filets de truite aux cèpes, puis un peu de gratin d'aubergines. Et en dessert, de la compote de fruits rouges. En déposant sur la table les assiettes avec les filets de truite, Gregory m'a regardé et a dit :

"Les filets viennent de chez le marchand. Les truites de mon ruisseau n'aiment pas trop qu'on les mange."

Et pendant le repas, il a dit :

"La façon dont je vis maintenant est finalement la meilleure qui soit pour un écrivain. Les écrivains ne gagnent pas beaucoup d'argent, et ici il ne faut travailler que trois ou quatre mois pour avoir tout ce dont on a besoin, ensuite on pourrait écrire le reste du temps et attendre d'être payé par la maison d'édition."

Il a ri.

"Mais, comme vous voyez, je vis plutôt largement, ici. Trois ou quatre mois de travail ne suffisent pas. Et d'ailleurs, je ne suis plus écrivain. Les gens n'ont qu'à s'écrire leurs bêtises eux-mêmes."

Il m'a regardé :

"Tu n'es plus joueur de tennis, Gogo, et je ne suis plus écrivain. Mais, quelque part, tu restes toujours un joueur de tennis. Prends garde."

Et je me suis dit : *Et toi, tu mettras toujours des femmes enceintes sans qu'elles sachent comment c'est arrivé.*

Plus tard dans la soirée, il y a eu un drôle de moment. Il était sûrement plus de minuit, tout était calme, paisible, même si l'on parlait et riait beaucoup, et, de temps à autre, on entendait les chevaux renâcler, et, soudain, tout est devenu tellement léger, comme s'il n'y avait plus sur terre une seule personne malheureuse. Pendant un sacré long moment, c'était comme ce que les gens imaginent être le paradis et Karen a dit :

"C'est presque comme dans une peinture japonaise. Complètement tranquille. Comme si la Voie lactée était une invention bouddhiste. Ou tout au moins ce chalet.

— Une invention bouddhiste ? a dit Gregory. Tu devrais me voir quand j'ai une rage de dents ! Je saute sur mon cheval et je galope à travers cette satanée forêt jusque chez Ulla, et on se dépêche de rejoindre la ville pour trouver un dentiste !"

Le dimanche après-midi, une fois nos bagages faits, Karen a demandé à Gregory :

"Par hasard, tu aurais un livre d'or ou quelque chose comme ça ?

— Non, a-t-il dit. Ce n'est pas un musée, ici. Mais tu peux écrire quelque chose dans un de mes livres de recettes, si tu veux. Ce sont pour ainsi dire les seuls livres que je lis encore. Et que je relis. C'est parce que je n'aime pas manger seul. Il n'y a rien de pire que de manger seul. Si l'on fait ça trop longtemps, on se transforme en une sorte de barbare gobeur d'ordures et puis il faut quand même avoir quelque chose à proposer aux gens pour les attirer jusque dans ce coin perdu."

Il lui a tendu un livre de recettes, elle a écrit quelque chose et lui a rendu le livre. Gregory a lu ce qu'elle avait écrit et a souri.

"C'est joli, a-t-il dit. Très joli. J'ai encore une trentaine d'autres livres de recettes, tu sais."

Karen a ri et secoué la tête.

"La prochaine fois, j'en prendrai un autre. Je crois que je vais revenir ici souvent – si je peux."

L'après-midi, dans le train qui nous ramenait à Munich, je lui ai demandé :

"Qu'est-ce que tu lui as écrit dans le livre de recettes ?"

Elle regardait par la fenêtre et elle a dit :

"A quoi ressemble le cœur de ce vieux moine ?"
Et j'ai répondu :

"Une brise légère sous le ciel immense.

— Et puis j'ai ajouté la date et *San Antone*.

— C'est joli, ai-je dit en prenant la voix de Gregory. Très joli."

On était assis face à face côté fenêtre. Il n'y avait personne d'autre dans le wagon car la plupart des gens ne rentrent que le dimanche soir à Munich. Karen a quitté ses chaussures et posé ses pieds sur mes genoux. C'était très agréable. Dans notre famille, il y a une phrase que l'on dit souvent quand on trouve quelqu'un terriblement ennuyeux : "Je n'aimerais pas faire Munich-Wuppertal en train avec lui (ou avec elle)." Autrefois, il fallait sept heures et demie ou huit heures. Ou alors, on dit de quelqu'un que l'on trouve passionnant : "Je serais toujours partant pour faire Munich-Wuppertal dans le même wagon que lui (ou qu'elle)." Et pour renforcer encore, on dit : "Et *retour* !"

J'ai raconté ça à Karen. Il faut dire que c'était notre premier voyage en train ensemble, ou du moins le trajet retour de notre premier voyage. Pour finir, j'ai dit :

"Et pour renforcer encore, on dit : Et *retour* !"

J'avais l'impression de savoir assez précisément la question qu'elle allait me poser, mais elle n'a pas posé de question. Elle a juste dit :

"Les truites de mon ruisseau n'aiment pas trop qu'on les mange."

XI

La semaine dernière, il s'est passé quelque chose d'étrange. Quelques jours à peine après notre week-end chez Gregory. Tout a commencé avec ce débat à la télé. Il se peut que ça se soit passé autrement, que la mère de Karen ait appelé chez mes parents. Elle a peut-être entendu notre nom de famille pour la première fois quand Karen lui a donné notre adresse et notre numéro de téléphone, avant de partir voir Gregory. C'est possible. Mais je crois plutôt que ce qui a tout déclenché c'est ce débat. J'en suis même presque sûr.

Ma mère était absente pour trois jours à cause d'un congrès de physiciens et, ce soir-là, Karen était sortie avec son club de photo pour faire des prises de vue nocturnes raffinées, et Tom n'était pas là non plus, alors j'ai regardé ce débat, tard le soir, parce que Karen avait dit que sa mère y était invitée.

L'émission était plutôt bien, enfin, c'est surtout la mère de Karen qui était bien. Elle a vraiment du chien, cette femme, et même à la télé on voit qu'elle sent bon. Elle ressemble à Catherine Deneuve dans ses bons jours, sauf qu'elle a les cheveux bruns et pas du tout d'accent français, et en même temps elle ressemble à quelqu'un qui pourrait dire d'un moment à l'autre : "Les truites de mon ruisseau n'aiment pas trop qu'on les mange."

Mais elle ne l'a pas dit dans cette émission. A un moment, elle a juste dit à l'un de ces hommes politiques bruyants et gras :

"Juste une petite parenthèse – en sanskrit, le mot «politique» signifie littéralement «bonnes manières». Je crois que vous devriez prendre cela un peu plus à cœur. Je pense sincèrement que vous devriez vous donner un peu plus de mal, mon ami."

Maintenant, je ne me souviens plus du mot en question, mais je crois que c'est à ce moment-là que mon père est entré dans le séjour. Il avait dîné chez un collègue. Il est allé se chercher un verre de Martini et s'est installé à côté de moi sur le canapé. Sur le plateau de télévision, un acteur avait pris la parole. L'émission avait pour thème l'identité européenne ou quelque chose comme ça, le genre de choses dont on ne sait pas exactement ce que c'est, et l'acteur a commencé à se plaindre de la manière dont il avait été traité aux Etats-Unis. Normalement, c'est un type plutôt sympathique, mais, là, il se plaignait de la manière dont un réalisateur américain s'était moqué de lui aux Etats-Unis.

"Au début, avant le tournage, a commencé l'acteur en parlant du réalisateur, au début, il était incroyablement gentil et amical, il me racontait combien de fois par nuit il faisait ça avec sa femme et *comment* il s'y prenait."

L'acteur parlait d'un ton geignard et stupide, mais qui semblait en même temps pédant, vu que le réalisateur américain était quand même quelqu'un de très connu.

"Mais après, a-t-il dit, après, quand le tournage a commencé, il n'a plus voulu entendre parler de moi. Il n'a accepté aucune de mes propositions. Sa seule réponse, c'était : *«Fuck off !»* ou alors : «On s'en tient à ce qui est écrit dans le scénario, un point c'est tout !»"

La mère de Karen a souri à l'acteur et lui a dit :

"Vous avez sérieusement pensé que quelqu'un qui explique en détail à ses potes ce qu'il fait la nuit avec sa femme aurait autre chose qu'un *Fuck off* à offrir à des acteurs ? Il vous a tout simplement traité comme le meuble opportuniste que vous êtes et que l'on déplace à plaisir."

Pendant quelques secondes, personne n'a plus rien dit dans le studio.

Mon père a dit : "Ça oui, elle est vraiment forte" et la mère de Karen, dans le studio, a repris : "Vous et vos semblables, vous seriez capables de tout, uniquement pour aller à Hollywood. Vous n'avez pas la moindre estime de vous. Vous avez joué les petits nazis dans leurs films de guerre, juste pour mettre un pied dans la porte, et ça n'a pas fonctionné." Elle s'est penchée un peu en avant et, pendant un instant, on aurait dit qu'elle allait donner une petite bourrade à l'acteur pour qu'il se casse la figure de sa chaise, mais elle a continué : "Vous avez quelquefois joué les méchants dans James

Bond et cela ne vous a menés nulle part. J'imagine tout à fait vos gloussements de lèche-bottes quand ils vous racontaient comment ils travaillaient leur femme – et après vous vous étonnez qu'ils vous méprisent ? S'ils avaient au moins pour vous ne serait-ce qu'un bond coup de pied aux fesses."

Le présentateur a tenté de sauver la situation en ajoutant très vite, avant qu'il n'y ait un nouveau silence : "Mais deux de ceux qui jouaient les méchants dans James Bond étaient des Autrichiens !

— C'est vrai, a dit la mère de Karen. Ils sont certainement encore meilleur marché."

Je regardais mon père. Il riait : "Oh ça !" a-t-il fait. Il continuait à rire et en même temps il avait l'air d'être ailleurs, comme s'il pensait à tout autre chose.

"C'est la mère de Karen, ai-je dit.

— Quoi ? a dit mon père.

— C'est la *mère* de Karen, ai-je répété.

— Tu es en train de me dire que Cornelia Zimmermann est la *mère* de Karen ?

— C'est ça", ai-je dit.

On a regardé l'émission ensemble jusqu'à la fin. De temps en temps, je jetais un coup d'œil à mon père parce qu'il ne disait presque plus rien et que d'habitude il dit toujours quelque chose.

A un moment, pendant le débat, un écrivain d'Europe de l'Est a tenu un long discours sur l'élargissement de l'OTAN et de l'Union européenne. C'était un Polonais ou un Tchèque et, pendant son discours, il a laissé échappé une remarque qu'il ne voulait sans doute pas vraiment faire. Il a expliqué que son pays voulait entrer dans l'OTAN (puis dans l'Union européenne) pour être protégé de deux voisins – des Russes et des Allemands.

Mon père n'écoutait qu'à moitié et souriait d'un air amusé, et là-bas, dans le studio de télé, la mère de Karen a lancé à l'écrivain d'Europe de l'Est :

"Je trouve cela un peu fort – vous souhaitez devenir membre de deux unions, et pour arroser votre arrivée vous avez déjà des propos désobligeants pour l'un des membres les plus importants de ces deux organisations. Je crois que vous avez un verre de trop dans le nez, et ce, au moins depuis 1989."

Elle se riait délibérément de lui, et mon père riait aussi.

Comme Karen voulait voir le débat, je l'ai enregistré sur une cassette et, là, je viens de revisionner cette séquence : l'écrivain d'Europe de l'Est s'est mis à critiquer l'Ouest en général. A l'Ouest, disait-il, on apprend aux jeunes (il disait : aux jeunes *gens*) qu'il est souhaitable d'éviter la douleur et la souffrance, mais on ne leur apprend pas que quiconque n'est pas prêt à souffrir n'est pas non plus capable de connaître le véritable bonheur. On aurait dit qu'il avait appris ça par cœur.

Il ne regardait pas la mère de Karen, mais la mère de Karen lui a répondu en premier :

"Cela n'a rien à voir avec l'Ouest, mais avec votre manie, en Europe de l'Est, de vous obstiner à la souffrance. Tous les êtres humains veulent éviter la douleur et la souffrance et tous aspirent à être heureux. Ils font tout pour être heureux. La douleur et la souffrance viendront bien d'elles-mêmes, tout le monde sait ça. Il n'y a qu'à l'Est, apparemment, qu'on est trop impatient pour attendre."

Elle l'a regardé, furieuse, puis a retrouvé son sourire moqueur.

"D'un point de vue politique, a-t-elle dit ensuite, cela signifie qu'il serait imprudent de partager corps et biens avec quelqu'un qui a une telle passion pour la souffrance. L'issue ne *peut* en être favorable."

Elle a bu une gorgée d'eau et continué :

"Encore une seconde, puisque j'en suis déjà à faire mon sermon – l'adhésion des pays de l'Est à l'Union européenne et à l'OTAN est un acte inutile voué à l'échec. Et les prises de bec ont d'ailleurs déjà commencé : les Français ne veulent pas de cette adhésion mais, comme les Américains sont pour et que les Français aiment bien embêter les Américains, ils veulent maintenant ajouter quelques pays à la liste et, évidemment, pour les Américains, cela dépasse les bornes. Mais on n'est pas obligé de partager immédiatement son lit avec n'importe qui, et sûrement pas avec quelqu'un qui ne vous apprécie pas et à qui l'on n'attache pas (ou peu) d'importance. Politesse et distance, voilà ce qu'il nous faut, et non pas cette espèce de concubinage tordu."

Mon père n'écoutait vraiment que d'une oreille, même s'il riait de temps en temps. Il donnait l'impression d'être complètement déconcentré et il a à peine dit bonsoir quand on est allés se coucher.

Deux jours après, ma mère est revenue de son congrès de physiciens et le soir qui a suivi, après le dîner, mon père m'a demandé si je ne voulais pas aller passer les deux dernières années avant le bac dans un internat.

"Ce sont bientôt les grandes vacances, a-t-il dit. Après, tu pourrais aller à Saint-Gall ou dans l'une de ces écoles privées. Tu n'as qu'à choisir."

J'étais plutôt surpris. Enfin, je veux dire, j'en suis presque tombé de ma chaise et, au début, je n'ai pas su quoi dire. Et puis j'ai dit :

"Alors ça, c'est la meilleure.

— Prends quelques jours pour y réfléchir", a dit mon père.

Le lendemain après-midi, pendant la pause, Karen m'a dit que sa mère lui avait proposé de partir en internat après les grandes vacances. "A Saint-Gall ? ai-je demandé. Ou dans l'une de ces écoles privées ?

— Elle n'a pas précisé", a dit Karen.

Le soir, j'ai demandé à mon père :

"Est-ce que tu aurais par hasard parlé à la mère de Karen ?

— Non", a dit mon père et il a ri. Son rire ne sonnait pas particulièrement juste. "Pourquoi est-ce que j'aurais fait ça ?"

Il avait l'air de quelqu'un qui a une sacrée mauvaise conscience.

"OK, ai-je dit. Je vais à Saint-Gall.

— Bien, a-t-il dit.

— Je vais à Saint-Gall si Karen va à Saint-Gall."

Mon père n'a pas dit un mot. Il ne m'a pas regardé non plus.

"Et je vais dans une école privée si Karen y va aussi. Et si Karen reste ici, je reste ici aussi. Et si elle va en enfer, je vais en enfer aussi, et maintenant, j'aimerais vraiment bien savoir ce qui se passe. J'aimerais vraiment beaucoup savoir ce que vous avez mijoté, la mère de Karen et toi.

— On en parlera demain, d'accord, a dit mon père. Ou la semaine prochaine, quand je rentrerai de Londres."

Après, quand j'ai demandé à ma mère ce qui se passait, elle a juste dit :

"Ton père doit régler ça tout seul. Pour une fois. Du moins jusqu'à un certain point."

XII

"Tu ne peux pas rester avec Karen", a dit mon père.
On était assis dans son bureau et je ne disais rien.
Je regardais le tableau de Van Gogh. *Souvenir de
Mauve*. Le tableau et le jardin qui sont à l'origine
de mon prénom. Je regardais surtout le mot "Vincent", au bas du tableau. Bien à gauche. Sous le
titre.

"Tu ne peux pas rester avec Karen Zimmermann, a dit mon père une seconde fois.

— Et pourquoi ça ? ai-je dit. Elle a le sida ou
quoi ?

— Tais-toi ! a dit mon père.

— Non, je ne me tairai pas", ai-je dit. Je voyais
devant moi le visage de Karen, ou plutôt non, c'était
différent – je ne le voyais pas, je le sentais près de
moi. Et puis j'ai senti le visage de Tiffany et entendu ses mots :

"Mes parents ne veulent pas qu'on reste ensemble."

Comme ça, tout simplement, avec une belle explication limpide. *Mes parents ne veulent pas qu'on
reste ensemble. Dans quelques semaines, tu rentreras*

en Allemagne et alors tout cela n'aura servi à rien.
Mes parents trouvent que c'est gaspiller son temps.
Gaspiller ses sentiments. Ils ont décidé qu'on ne
devait plus se voir qu'en cours.

Comme ça, tout simplement. C'était la dernière
fois qu'on allait au lac avec la voiture de Tiff et, au
retour, on a écouté pour la dernière fois *Blue Motel
Room* de Joni Mitchell… *Well you tell those girls
that you've got German measles… Honey, tell 'em
you've got germs…* et Tiff a pleuré et dit : "Je n'en
peux plus. Ils m'ont poussée à bout. Mais ce sera
ma devise pour le *yearbook* du lycée. J'y écrirai
ces mots pour que tout le monde les voie : *Tell them
you've got German measles…*"

Au lycée, aux Etats-Unis, ils font un *yearbook*,
un compte rendu de l'année qui ressemble à un vrai
livre, avec toutes les photos de classe, des photos des
profs, des équipes de sport, et aussi une photo individuelle de chaque élève diplômé, avec en dessous
son surnom et ce qu'il répétait tout le temps ou ce
pour quoi il était connu, et puis il y a aussi ses
meilleurs souvenirs et ses citations préférées. Du
moins, ça se passait comme ça dans notre lycée.
Moi, par exemple, j'étais connu pour répéter sans
cesse : *"Alligators all around"* et cela figurait
aussi dans le *yearbook* du lycée. Quand j'étais
petit, j'avais un abécédaire en anglais que je regardais souvent avec ma mère et, à la lettre A, il y
avait justement la phrase : *"Alligators all around."*
Je crois que j'ai déjà prononcé cette phrase très très
souvent dans ma vie. Quand Tiff et moi on allait

danser, je regardais d'abord autour de moi, j'observais les gens et je disais chaque fois : *"Alligators all around."* Ou bien quand on jouait à l'extérieur avec l'équipe de basket, je regardais les supporters de l'équipe adverse et je disais : *"Alligators all around."* Chaque fois que je me sens un peu gêné, ou tout simplement quand je ne sais pas quoi dire, je dis : *"Alligators all around."* Evidemment, cela m'arrive ici bien moins souvent qu'aux Etats-Unis, mais cela m'arrive quand même encore assez souvent.

La phrase préférée de Ray figurait aussi bien sûr dans le *yearbook* – *"Mama, get me out of here !"* Et sous la photo de Tiff était inscrit *"Holy Smoke !"* Mais les *German measles* de *Blue Motel Room* ne figuraient nulle part dans le *yearbook* qu'on nous a distribué à la fin de l'année. Tiff s'était trouvé une citation pompeuse de Cat Stevens : "Dès que j'ai su parler, on m'a dit d'apprendre à écouter" ou quelque chose comme ça. Le genre de débilités qui plaît aux profs.

Moi, j'y ai fait inscrire un passage de Kafka. Benjy m'avait offert à Noël le journal de Franz Kafka, vous savez, et c'est là que j'ai lu cette phrase. J'ai trouvé le bouquin un peu ennuyeux et je n'ai lu que les cinquante ou soixante premières pages, mais, cette phrase-là, je l'ai trouvée superbe. Ça fait : "Le beau et grand bouton, joliment posé au bas de la manche d'une robe de jeune fille. La robe aussi est joliment portée, flottante sur des bottines américaines. Il est bien rare que je réussisse à faire quelque chose de beau, mais ce bouton insignifiant et sa couturière ignorante y parviennent*."

En fait, ce sont juste ces quelques mots que je trouve superbes : "flottante sur des bottines américaines". Le reste, bon, c'est un problème d'écrivain qui ne me concerne pas. Ces quelques mots en revanche sont tout simplement hallucinants. Je vois alors Tiff en jupe longue qui traverse la rue ou monte dans sa voiture. Elle peut être très belle quand elle traverse la rue pour venir à votre rencontre. Avec Karen, c'est la même chose. Quand elle traverse la rue, tout tourne un peu plus vite et en même temps tout est parfaitement calme. A côté d'elles, les autres filles font plutôt triste mine. Même Cindy Crawford et Claudia Schiffer auraient l'air de travestis mal maquillés si par hasard elles traversaient un jour la rue à côté de Karen ou de Tiff.

Ça n'a pas été si facile de faire mettre la citation de Kafka dans le *yearbook* parce que le texte était évidemment en allemand. Mr Cupertino, qui était responsable du *yearbook*, a déclaré que ce n'était pas possible. "Tu vois, a-t-il dit, nous sommes ici en Amérique, nous parlons et nous écrivons en anglais, et si nous acceptons d'autres langues la moitié de tout ce qui se dit et s'écrit sera bientôt en espagnol ou en je ne sais quelle autre langue." Il n'avait pas vraiment tort : j'aurais pu chercher la citation dans une édition américaine. Mais je voulais

* Franz Kafka, *Journal*, traduction de Marthe Robert, Grasset, 1954.

qu'elle figure en allemand dans le *yearbook*, qu'elle ressorte comme des boutons de rubéole, et j'ai finalement réussi à mettre Mr Cupertino de mon côté. Les Américains se mettent dans tous leurs états dès que l'on qualifie quelque chose d'"américain". Tout ce qui est américain est du coup forcément bon. Je crois que s'ils qualifiaient une guerre d'"américaine", ils trouveraient aussi que cette guerre est bonne. Même les gens très intelligents et cultivés réagissent comme ça. Et Mr Cupertino est un homme très intelligent, très cultivé. Quand je lui ai montré le passage qui m'importait il a été tout à fait convaincu. "Flottante sur des bottines *américaines*", ai-je lu à voix haute devant lui, et c'est comme ça qu'une citation originale de Kafka a été immortalisée dans le *yearbook* d'un lycée américain.

Le jour où on nous a remis les *yearbooks*, je suis sorti un peu plus tard du lycée. Dehors, de l'autre côté de la rue, il y avait Tiff, près de sa voiture. Elle avait la tête appuyée contre le toit de la voiture et, sur le toit, elle avait posé le *yearbook*. Je me suis arrêté et je l'ai regardée. On s'est regardés longtemps et puis elle a commencé à pleurer. Elle ressemblait tout à coup à cette fille dans la nouvelle de James Joyce qu'on a lue en cours avec Mr Cupertino. C'est une nouvelle tirée de *Gens de Dublin* : la jeune fille veut quitter l'Irlande avec son ami parce qu'elle ne peut plus supporter de vivre chez son père et qu'elle veut enfin commencer à vivre. Elle et son ami veulent aller en Amérique.

Mais en Amérique du *Sud*. A Buenos Aires, et alors qu'elle est déjà sur le quai et aperçoit le bateau, subitement, elle ne veut plus partir. Ou bien elle ne *peut* plus partir. Elle s'accroche au parapet et son ami la prend par la main et lui dit "Viens ! Viens !", mais, elle, elle s'accroche à cette satanée barrière et reste là. Je pense que vous devriez lire cette nouvelle, un jour. Ça s'appelle *Eveline*, du nom de la jeune fille, et, vraiment, il n'y a certainement rien de pire que de vouloir partir pour un autre pays et de voir la personne avec qui l'on veut partir s'accrocher à une satanée barrière.

En réalité, je ne voulais pas aller voir Tiff, mais comme j'ai pensé à cette fille irlandaise et que je traverse sans doute toujours la rue quand Tiff se trouve de l'autre côté je suis allé la voir. Elle m'a regardé et a souri. Elle pleurait et souriait en même temps. Et puis elle a dit :

"Comment on dit, déjà, *German measles* en allemand ?

— Rubéole, ai-je dit.

— Oui, a-t-elle dit. Si tu savais comme j'aimerais avoir la rubéole. Mais ça m'est interdit."

Puis elle a pris son *yearbook*, est montée dans la voiture et a démarré. La dernière chose que j'ai vue d'elle, c'est la vitre arrière de sa voiture. Bien sûr, on s'est encore revus quelques fois au lycée, mais, dans ma tête, c'est ainsi : la dernière chose que j'ai vue de Tiff, c'est cette satanée vitre arrière. Comme dans un film d'amour à l'eau de rose. Il ne manquait plus que la pluie. Et le tableau aurait été complet. Mais l'été, à Williamsburg, il ne pleut presque jamais.

"Il y a plein de jolies filles sur terre, a dit mon père.

— Et tu penses que je devrais maintenant tomber amoureux de toutes ces jolies filles ? ai-je dit. Seulement parce que ça ne te plaît pas que je sois avec Karen ?

— Ecoute, Gogo, a dit mon père. Je sais ce que c'est. Tu crois que tu ne peux pas vivre autrement, et Karen est vraiment une très jolie fille, et bien sûr tout ce blabla bouddhiste t'impressionne. Sa mère est d'ailleurs dans le même trip bouddhiste, elle maîtrise même assez bien le sanskrit. Et tu vois, ce bouddhisme zen, tous ces aphorismes, sont parfois très troublants parce qu'ils semblent évidents, mais le monde n'est pas si simple.

— Arrête !" ai-je dit.

Mais mon père a continué : "Le zen, c'est un truc pour les âmes simples. Que des choses qu'on peut exprimer en *basic English*. C'est vraiment fait pour les gens qui croient que l'on peut exprimer le monde en huit cent cinquante ou mille mots.

— Je ne compte pas devenir bouddhiste, ai-je dit. Je ne sais pas comment tu en arrives à cette conclusion. Je veux être avec Karen. C'est tout.

— Non non, tu es tombé dans le piège bouddhiste, a dit mon père. Enfin ! N'importe qui le verrait. Je vais te dire une chose : il y a des années, un bouddhiste m'a raconté qu'il s'était un jour abîmé dans la contemplation d'une cuvette de W.-C. Tu vois, il observait le fond de cette cuvette et, de l'extérieur, à travers les feuilles d'un arbre, perçait une lumière verte qui éclairait la porcelaine de la cuvette, alors il a pris conscience de cette cuvette, de ce qu'elle était vraiment. Rien d'autre n'avait plus d'importance pour lui. Il aurait pu rester à observer le fond de cette cuvette pour l'éternité.

— Et alors, qu'est-ce que je dois comprendre ? ai-je demandé.

— Que dans ce genre de contemplation on ne sait jamais ce que l'on fait. On ne sait jamais si en réalité on n'est pas juste en train de fixer le fond d'une cuvette.

— Je ne trouve pas ça très intelligent, comme remarque, ai-je dit. Ça ne vaut pas vraiment beaucoup mieux que n'importe quelle blague raciste."

Mon père a avalé sa salive et, avant qu'il puisse ajouter quelque chose, j'ai continué :

"Maintenant, je veux savoir ce qui se passe. Karen doit aller en pension et j'ai aussi le droit de choisir où j'irai, et sûrement pas parce que tu penses que ça me fera progresser en français."

Mon père a voulu dire quelque chose.

"Je veux savoir, ai-je dit. Je veux savoir ce que vous avez, la mère de Karen et toi. Ce qui vous arrive, à la fin. Pourquoi vous voulez nous séparer."

Mon père a voulu dire quelque chose.

"Je n'ai pas terminé, ai-je dit. Aux Etats-Unis, il y a des gens qui m'ont presque détruit. Un père comme toi et une mère comme elle. Et ça ne m'arrivera plus jamais. Je veux savoir la vérité. Maintenant."

Mon père a voulu dire quelque chose et j'ai dit : "Maintenant, tu peux parler."

Et il a parlé. Mais je ne peux pas raconter ça aujourd'hui. Je suis trop fatigué maintenant. Il est déjà tard dans la nuit. Il est déjà trop tard pour appeler Karen, mais on se voit demain. Et peut-être sa mère lui a-t-elle aussi raconté ce que mon père m'a raconté. La même histoire, mais vue de l'autre côté.

XIII

Ce matin, quand je suis passé prendre Karen chez elle, j'ai vu qu'elle aussi savait ce que je savais. Elle avait l'air accablée, fatiguée. Je devais donner exactement la même impression.

"Ah, Gogo, a-t-elle dit. Mince, Gogo."

Je n'ai rien dit.

Elle m'a donné un coup de coude dans les côtes et a dit :

"*Alligators all around.*

— Oui, ai-je dit. Même dans la famille.

— Et le pire, c'est qu'ils font ça pour notre bien. Ils ne veulent pas qu'on soit un jour aussi malheureux qu'eux, autrefois.

— Possible, ai-je dit. Mon père a failli ne jamais s'en remettre.

— Pareil pour ma mère", a dit Karen.

Il y a des années de ça, la mère de Karen et mon père étaient ensemble. Cela devait être trois ou quatre ans avant la naissance de Benjy et il paraît que c'était complètement fou comme histoire, hallucinant. Et il y avait pas mal de gens qui auraient bien aimé que ces deux-là ne restent pas ensemble.

Ils ne les ont pas laissés en paix une minute et pour finir tout s'est désintégré dans une terrible explosion. Mon père en a parlé comme d'une guerre. Il a même ri. "Avec du sang, de la sueur et des larmes, a-t-il dit. Et avec de la haine, du désespoir et un avortement qui fait souffrir encore aujourd'hui."

Karen et moi, on n'a même pas remarqué qu'on dépassait le lycée en parlant. On a tout simplement continué notre chemin en parlant, puis on a cessé de parler et, à un moment, on s'est retrouvés au bord du fleuve.

On a jeté nos sacs à dos dans l'herbe et on s'est assis sur la rive. L'herbe était encore humide, Karen a sorti de son sac deux grands cahiers et les a posés par terre en guise de coussins.

"Voilà, a-t-elle dit. De toute façon, je n'en ai plus besoin.

— Comment ça ?

— Ma mère veut me dispenser de cours pour le reste de l'année. Il ne reste plus que quelques semaines, de toute façon, c'est ce qu'elle a dit, et elle veut partir avec moi. Pour que nous prenions un peu de distance.

— Qui ça, *nous* ? ai-je demandé.

— Elle et moi, a dit Karen. Ou toi et moi.

— Ou bien elle et mon père, ai-je dit.

— Possible."

Karen souriait même un peu maintenant, et pendant un long moment on n'a plus rien dit.

A un moment, Karen a attrapé une pierre et l'a jetée loin dans le fleuve.

"Tu sais ce qui est bizarre ? a-t-elle dit ensuite. A l'époque, s'ils n'avaient pas été aussi malheureux, tous les deux, ton père et ma mère, s'ils n'avaient pas failli en crever, alors nous deux, on n'existerait même pas.

— Du moins pas sous cette forme.

— Oui, du moins pas sous cette forme, a dit Karen. Il y aurait quelqu'un d'autre. Quelqu'un qui n'existe aujourd'hui sous aucune forme."

Je l'ai regardée. C'était vraiment très bizarre. Il y des années de cela, pendant quelques semaines ou quelques mois, il y a eu quelqu'un qui était mon frère ou ma sœur et qui était en même temps le frère ou la sœur de Karen. Si l'on considérait les choses sous cet angle hallucinant, Karen était un peu ma sœur.

"Est-ce que tu sais qu'en fait, si l'on considère les choses sous un angle plutôt tordu, tu es un peu comme ma sœur ? ai-je dit.

— Tu crois peut-être que je n'y ai pas pensé ?" a dit Karen. Et puis elle a dit : "C'est vraiment dingue. A l'époque, ma mère est partie aux Etats-Unis, puis en France et ensuite à Hambourg, et puis on s'est installées à Munich plus ou moins par hasard et il a fallu qu'on vienne justement habiter à quelques pâtés de maisons de chez vous.

— Et il a fallu que tu montes justement dans ma voiture, ai-je dit.

— Et qu'on se retrouve justement tous les deux entre les griffes de ces skinheads.

— Et que tu t'assoies par terre dans le couloir justement devant la salle de physique.

— Et ensuite, il a fallu que ce soit justement toi qui ne me sortes plus de la tête, a-t-elle dit.

— Et il a fallu que ce soit toi, justement, qui ne me sortes plus de la tête, ai-je dit.

— Oh oui.

— Et parmi tous les gens sur cette planète, c'est justement avec toi que je suis allé le plus souvent manger des glaces. Et je ne veux pas que ça change.

— Moi non plus, a-t-elle dit. C'est un record mondial de première importance. Il n'y a aucune autre personne sur cette planète avec qui je voudrais avoir mangé des glaces aussi souvent."

On a ri. Non, on n'a pas du tout ri. C'est juste que j'aurais bien aimé rire. J'aurais vraiment beaucoup aimé rire, mais, au lieu de ça, j'ai demandé :

"Quand est-ce que tu pars avec ta mère ?

— Après-demain, sans doute, a dit Karen. Mais peut-être dès demain. Ça dépend plus ou moins de moi.

— Non, ai-je dit. Ta mère a un sacré caractère. Elle peut certainement te convaincre de n'importe quoi. J'ai bien vu dans ce débat qu'elle faisait ce qu'elle voulait des gens sur le plateau.

— Moi aussi, j'ai un sacré caractère, a dit Karen. N'oublie pas ça.

— Mais tu n'as aucune chance contre ta mère, ai-je dit. Et contre le malheur qu'ils ont connu, elle et mon père. Elle t'explique que tu dois prendre de la distance pour voir les choses plus clairement et part avec toi, traverse même toute l'Europe s'il le faut, et un beau jour, je ne suis plus là, je n'existe plus.

— N'importe quoi, a dit Karen. Je t'écrirai, évidemment. Et je t'appellerai. Peu importe où on est."

XIV

"Comment est-ce que tu envisages les choses ?" a dit mon père. On était de nouveau assis dans son bureau et je regardais le tableau de Vincent Van Gogh.

"Comment est-ce que tu envisages les choses ? a-t-il répété. Ça ne *peut* pas bien se passer. Vous allez être terriblement malheureux. Ce ne sera jamais comme cela pourrait être avec n'importe qui d'autre. Je dis bien, avec *n'importe qui d'autre*, avec n'importe quelle fille. Ce sera toujours difficile, impossible.

— Arrête, ai-je dit. Ce n'est pas parce que ça s'est passé comme ça pour vous, ce n'est pas parce que, vous, vous avez été si malheureux que ce sera la même chose pour nous. Et le fait que quelqu'un soit mort à cause d'un avortement, à l'époque, ne signifie absolument rien, ni pour Karen ni pour moi."

Mon père est devenu blanc comme un linge. J'ai bien vu qu'il avait une envie folle de jeter quelque chose par la fenêtre.

"Bon, essaie au moins d'envisager les choses d'un point de vue purement pratique", a-t-il dit ensuite. Il s'efforçait de garder tout son calme. Lui qui n'est jamais vraiment calme, même quand il dort. "Imaginons que tout se passe comme vous le souhaitez tous les deux, Karen et toi. Imaginons que vous viviez heureux jusqu'à la fin de vos jours, ou jusqu'à la fin de nos jours. Tu crois vraiment que, chaque année, nous allons fêter Noël tous ensemble ou les anniversaires ou quoi que ce soit d'autre ? Tu crois vraiment que nous allons fêter Noël, nous embrasser et tout ça, et puis, à chaque Noël, elle m'offrira un flacon d'après-rasage et je lui offrirai un collier ou une bouteille de parfum ?

— Ce n'est pas le genre à offrir de l'après-rasage, ai-je dit.

— Oui, merci, je suis au courant ! a dit mon père.

— Et je ne t'ai encore jamais vu offrir une bouteille de parfum à qui que ce soit pour Noël, ai-je dit. Ou pour un anniversaire. Et est-ce que, pour une fois, vous ne pourriez pas essayer de régler tout ça calmement, comme des adultes raisonnables et équilibrés ?"

Je n'aurais pas dû prononcer cette dernière phrase. C'est juste que j'étais hors de moi et que je voulais énerver mon père. Il n'est ni calme, ni raisonnable, ni équilibré. Tout le monde sait cela. Il n'est calme, raisonnable et équilibré qu'avec ses patients. Je crois que la plupart de ses patients l'aiment vraiment beaucoup. Mon père se met toujours dans une colère noire quand l'un d'eux décède, et sa colère s'exprime parfois de manière étrange.

Je veux dire, sa colère ne ressemble parfois plus du tout à de la colère. Il y a quelques années, en décembre, l'une de ses patientes préférées est décédée. Elle était encore jeune, elle avait peut-être vingt-six ans, et le soir, quand mon père est rentré à la maison, il a enfilé son jogging et ses baskets et m'a dit : "Tu m'accompagnes ?" Il faisait déjà nuit quand on est partis, il y avait de la neige partout et et on est descendus vers l'Isar, on a couru le long du fleuve jusqu'au Flaucher, puis jusqu'au zoo, et de là jusqu'au pont de Grosshesselohe, et, tandis qu'on approchait du pont, il a commencé à neiger tout doucement, un train de voyageurs tout illuminé est passé sur le pont, au-dessus de nous, et, tout d'un coup, je me suis senti tout léger et j'ai eu le sentiment que mon père se sentait tout léger lui aussi, et d'une certaine manière la jeune femme morte était là elle aussi, ou peut-être la tristesse que causait sa mort, et jamais je n'ai vu mon père aussi calme qu'en ce jour de décembre, tandis qu'on approchait du pont et que la neige tombait doucement comme un étrange chagrin.

J'étais assis dans le bureau de mon père, je lui avais dit de se comporter en adulte calme, raisonnable et équilibré, et il s'est contenté de dire :

"Alors tout ce qui comptait à l'époque serait perdu. Et il en reste encore quelque chose, mon petit gars. Après toutes ces années. Un petit quelque chose qu'on n'a pas le droit de trahir.

— Et moi ? ai-je dit. Et Karen et moi ?

— Eh bien quoi, vous ?

— Vous faites aujourd'hui à Karen et moi ce que les autres vous ont fait autrefois, non ?"

Mon père est resté silencieux et j'ai regardé le tableau de Van Gogh, puis j'ai regardé mon père, puis à nouveau le tableau, et j'ai lu *Souvenir de Mauve* et *Vincent*, tandis que mon père me regardait d'un air perdu, vraiment complètement perdu, comme jamais je ne l'avais vu auparavant, et je pensais : *A l'époque, quand tu as failli mourir, quand tu étais dans cet hôpital après ton accident et qu'il n'y avait plus au mur que ce tableau, que ce jardin, et ce prénom, Vincent, que tu m'as donné le jour où je suis finalement venu au monde – à l'époque, tu ne pensais pas que tu me ferais un jour ce qu'ils t'avaient fait.*

Mon père a sûrement dû sentir ce que je pensais. Il faut dire que ce n'était pas si difficile à deviner. Il a dit : "On en reparle demain, d'accord ?" Et maintenant, juste au moment où j'écris ça, me revient en mémoire une scène qui a eu lieu il y a deux ans, à un barbecue. C'était peu avant mon départ pour la Californie. Par hasard, Benjy était venu de Londres pour passer quelques jours ici et, par hasard, on était tous invités à un barbecue. J'aime vraiment beaucoup les barbecues. Déjà tout petit, j'adorais aller à ce genre de fêtes, mais je crois que je l'ai déjà dit, et à un moment, dans la soirée, Benjy et moi, on s'est retrouvés un peu en retrait de la fête sous deux ou trois lampions et on a regardé les autres. Et puis on a vu notre mère. Elle portait une petite robe noire à fines bretelles. Ça ne faisait vraiment pas beaucoup de tissu. Elle était superbe et je crois qu'on l'a tous les deux observée pendant un long moment. Ensuite, Benjy a dit quelque chose dont il devait se souvenir, car cela ne venait pas de lui, mais de l'une des nouvelles que Gregory a écrites il y a des années.

Toute ma famille pense que cette histoire est un portrait de mon père. Mais ça n'a pas tant d'importance. Ou si, c'est important parce que, dans l'histoire, le personnage fait une remarque assez drôle et parce que Benjy, là, dans le jardin, a fait exactement la même remarque. Benjy regardait ma mère et, en prenant la voix de mon père, il a dit : "Elle est incroyablement belle. Il a sans doute fallu une fortune pour faire une femme pareille. Je préfère ne pas savoir combien de personnes ont dû devenir invisibles et inintéressantes, juste pour qu'elle soit aussi belle."

Et il s'est alors passé quelque chose d'incroyable. Derrière nous, une voix a dit : "Oui, il a sans doute fallu une fortune." C'était la voix de mon père. Il nous a pris par les épaules et on a ri, et à ce moment-là ma mère a regardé dans notre direction, nous a vus rire, s'est mise à rire aussi et nous a fait un petit signe, et, nous, on lui a souri, pas seulement nous trois, mais aussi Gregory qui était avec nous et lui souriait, même s'il n'était pas réellement là mais avait simplement écrit cette nouvelle.

Cette scène est comme une photo de famille un peu folle, en trois dimensions, si vous voyez ce que je veux dire. Et pour que vous sachiez que je sais ce que vous pensez maintenant – Benjy m'a dit un jour : "Ne laisse jamais personne te raconter que l'on devient homosexuel parce qu'on a un lien fort à la mère. C'est n'importe quoi. Les homos que je connais sont tout aussi peu liés aux autres que la plupart des gens sur cette terre. Ça n'a rien à voir. On n'a pas encore découvert le code secret de l'homosexualité. Et en dehors de ça, la vérité, c'est que ma mère, c'est-à-dire ta mère, mon petit gars, est une femme absolument formidable. Il faudrait que je sois aveugle, sourd et débile pour ne pas en être heureux. Pour ne pas être parfois épaté. Pour que ça ne me fasse pas planer parfois. Et c'est la même chose pour toi, mon petit gars, et, toi, tu es tellement hétéro que c'en est presque coincé, à une époque si peu conventionnelle."

C'était le plus long discours que Benjy m'ait jamais tenu dans sa vie, si l'on ne compte pas les nouvelles qu'il me lisait autrefois le soir pour m'endormir, et maintenant je suis vraiment fatigué et je vais me coucher.

XV

Avant-hier matin, quand j'ai sonné chez Karen, il n'y avait personne, et Karen n'est pas non plus venue en cours. A midi, j'ai tout de suite appelé chez elle, mais je n'ai eu que la voix de sa mère sur le répondeur et j'ai raccroché sans rien dire. Je me suis mis à gamberger comme un fou. Enfin, j'ai senti mes bras et mes jambes devenir tout à coup légers, comme quelqu'un qui a une frousse terrible, et vers quatre heures de l'après-midi le téléphone a sonné.

"Gogo, a dit Karen. On est quelque part entre Berne et Lausanne. On est parties très tôt. C'est pour cela que je n'ai pas appelé. Je ne voulais pas vous réveiller.

— Je suis content que tu sois encore en vie, ai-je dit.

— Qu'est-ce que tu as dit ?" a demandé Karen. Parfois, elle n'entend pas très bien.

"Je suis content qu'au moins tu sois encore en vie, ai-je dit.

— Ah, n'importe quoi, a dit Karen. On va passer quelques jours ici, en Suisse, et après on ira peut-être dans le Sud de la France. Ma mère a des amis près d'Aix-en-Provence. Des gens qui ont une maison là-bas, où on pourrait habiter. Ou alors on ira en Italie. Rien n'est sûr.

— Mais ce sont de super vacances, dis-moi, ai-je fait.

— Gogo, ma mère a besoin de ça, en ce moment, a dit Karen. Elle a besoin de prendre un peu de distance. Et moi aussi, peut-être. Tu ne comprends pas ça ?

— Non, ai-je dit. Je ne comprends pas.

— Il faut que je raccroche, maintenant, a dit Karen. Je te rappelle."

Elle a rappelé ce soir. De Suisse. Elle est quelque part près de Lausanne. "Je ne sais toujours pas si on va en Italie ou en France, finalement. Ma mère ne veut pas que quelqu'un sache où on se trouve exactement. Mais je te rappellerai." Et puis elle a ajouté : "Il faut que tu comprennes, Gogo. Je t'en prie, il *faut* que tu comprennes."

Mais je ne comprends pas.

XVI

Cela fait cinq jours que Karen ne s'est pas manifestée. Il y a trois jours, j'ai vu Lea Koppermann traverser la cour pour rejoindre le parking qui se trouve derrière le lycée et, tout à coup, il y a eu un déclic dans ma tête et je l'ai suivie. C'est quand même la seule prof qui ait vraiment de l'importance pour moi. Et peut-être que j'ai un peu d'importance pour elle. En tout cas : si je n'ai aucune importance pour Lea Koppermann, alors je n'ai d'importance pour personne dans ce lycée. Elle allait vers sa Mercedes et je l'ai rattrapée juste au moment où elle ouvrait la portière.

"Oh, Vincent !" a-t-elle fait. J'ai tout de suite vu qu'elle était au courant. Alors je n'ai pas eu besoin de tourner trop longtemps autour du pot.

J'ai dit : "Est-ce que vous pourriez faire quelque chose de vraiment criminel pour moi ?"

Elle m'a regardé : "Tout sauf tuer !" a-t-elle dit. C'est vraiment une nana formidable. Si j'avais cinquante ans, je l'épouserais sur-le-champ.

"Est-ce que vous pourriez vérifier quelque chose pour moi au secrétariat ? ai-je dit. Je veux dire, est-ce que ce serait très difficile pour vous de consulter le dossier d'un élève ? Est-ce que cela risquerait de vous *compromettre* ?

— Non, cela ne risquerait pas de me *compromettre*. Il m'est simplement interdit de parler de ce que j'ai lu à toute personne étrangère au corps enseignant.

— Vous avez dit : Tout sauf tuer ! Je veux juste savoir pour combien de temps Karen est dispensée de cours. Et s'il y a une adresse à laquelle les bulletins seront envoyés.

— Je dois retourner au lycée cet après-midi. Je t'appelle ce soir, d'accord ?"

"Non, dans son dossier, il n'y a aucune adresse où faire suivre le courrier, a-t-elle dit quand elle m'a appelé, le soir. Et Karen a été retirée du lycée, Vincent. Je veux dire, elle a *vraiment* été retirée du lycée. Pour toujours. Elle ne reviendra pas."

Pendant quelques minutes, il m'a semblé que je n'avais plus ni bras, ni jambes. A cet instant, j'aurais voulu pouvoir remonter le temps. J'aurais voulu pouvoir remonter le temps de quelques mois, jusqu'à ce jour devant chez le glacier, quand Lea Koppermann nous avait souhaité bonne chance avec la théorie de la relativité. Et au lieu de ça, je n'avais plus ni bras, ni jambes. Ils n'existaient plus. J'étais comme mutilé, comme si je n'étais plus qu'une boulette de viande. Mon cerveau tout entier n'était plus lui aussi qu'une boulette de viande, et maintenant je ne vais plus en cours non plus. Karen ne va plus en cours, alors moi non plus. C'est tout, je n'y vais plus. Je n'ai rien dit à mes parents. Le matin, je quitte la maison à la même heure que d'habitude et je vais me promener au bord de l'Isar ou en ville, ou alors je rentre et j'écoute de la musique, et ce soir Karen a appelé.

Peut-être que c'était exactement le bon jour. Ce matin, j'ai écouté de la musique et vers midi je suis allé prendre le métro pour me rendre en ville. Je ne sais pas ce que je voulais y faire. Je voulais juste bouger. Je suis vraiment incapable de rester tranquille, maintenant. Je ne tiens pas en place, mais aujourd'hui c'était une bonne chose d'aller prendre le métro juste à ce moment-là. C'était un peu avant midi et j'attendais le métro sur le quai. Il y avait d'autres gens qui attendaient, sur l'autre quai aussi. Sur le quai d'en face, il y avait une petite fille, huit ou neuf ans peut-être, que je n'aurais sans doute pas remarquée si son amie ne s'était pas trouvée sur le même quai que moi. Et on peut dire que son amie était déjà une petite personnalité. Enfin, évidemment, elles se ressemblaient assez, toutes les deux, leurs cheveux étaient longs et leurs jambes fines et brunes, mais la petite fille sur mon quai avait un tigre sur les épaules. L'un de ces animaux en peluche, assez gros, qu'elle avait installé sur ses deux épaules comme le font parfois les bergers pour porter les moutons.

Elle n'avait même pas besoin de tenir le tigre. Il était bien en place sur ses épaules et tandis qu'elle attendait le métro sur le même quai que moi elle discutait par-dessus les voies avec son amie qui attendait sur le quai d'en face. Je me suis dit que la petite fille portait sûrement son tigre toute la journée sur ses épaules. Quand quelque chose lui faisait plaisir et quand elle avait peur. Quand elle faisait par exemple un exercice idiot ou quand elle arrivait en retard à la maison. Et aussi quand elle téléphonait à ses amies, bien sûr. Les deux petites filles, chacune sur leur quai de métro, étaient vraiment joyeuses, elles se criaient tout un tas de choses importantes et quand mon métro est arrivé, qui était aussi celui de la petite fille au tigre, elle a encore eu le temps de lancer à son amie de l'autre côté : "Je te téléphone ! Dès que je suis à la maison !"

Ensuite on est montés dans la rame et elle s'est mise près de l'autre porte pour voir son amie et lui faire signe. Elle allait et venait en sautillant tandis qu'elle faisait signe à son amie et, une fois dans le tunnel, elle regardait encore par la fenêtre en direction de son amie bien qu'elle ne puisse plus la voir. Elle avait l'air vraiment terrible avec ses petites jambes fines et son tigre.

Elle est descendue à la station d'après et je l'ai suivie du regard jusqu'à ce que je ne puisse plus la voir. Elle a remonté le quai en sautillant, le tigre sagement installé sur ses épaules, et ses terribles petites jambes fines étaient pareilles à d'étranges instruments de musique, une invention nouvelle pour une musique nouvelle, et tout d'un coup je me suis senti terriblement heureux – Karen devait être ainsi quand elle était enfant. J'imaginais tout à fait comment elle disait cette phrase : "Je te téléphone ! Dès que je suis à la maison !"

Et le soir même, elle a téléphoné :

"Gogo, on part pour la France. Demain matin. Je ne sais pas encore où on va habiter. Mais on ne va pas y rester longtemps.

— Karen, ai-je dit.

— Oui, a-t-elle dit.

— Karen, tu ne reviendras plus, c'est ça ?

— N'importe quoi, a-t-elle dit.

— On t'a retirée du lycée. Pour toujours.

— Je ne suis pas au courant.

— Et pourtant, c'est la vérité, ai-je dit.

— C'est sûrement ma mère qui a fait ça. Et là, on est en train de parler de *moi*, non ? On parle de *ma* vie et de *ta* vie, pas de ma mère. Elle a besoin de moi en ce moment et je vais rester auprès d'elle, mais ça ne pourra pas continuer longtemps comme ça. Tu m'entends ?

— Oui", ai-je dit.

Et puis j'ai dit : "Je suis le tigre sur tes épaules.

— Qu'est-ce que tu as dit, Gogo ?" Elle entend vraiment mal, parfois.

"Je suis le tigre sur tes épaules.

— Tu es *quoi* ?

— Le tigre sur tes épaules.

— Ça sonne bien, a-t-elle dit. Et ça veut dire quoi ?

— Je ne peux pas te le dire au téléphone. Mais j'étais sûr que tu allais appeler aujourd'hui. Ce n'était pas possible autrement."

On a parlé encore un petit moment et pour finir elle a dit :

"Ça sonne vraiment bien : *Le tigre sur tes épaules*. Je suis curieuse d'apprendre ce que ça veut dire. On dirait que ça vient d'un conte de fées."

XVII

Maintenant je suis assis ici, dans un petit restaurant, en Alsace. Ma voiture (la voiture de ma mère, la grosse, vieille et élégante Citroën CX) est au garage parce que j'ai eu un petit accident. Il faut que j'attende jusqu'à demain midi que la voiture soit prête. J'ai une petite chambre pas chère au premier étage. Ici, en bas, il n'y a que trois autres tables occupées en plus de la mienne et j'écris maintenant dans un petit cahier de vocabulaire bleu.

Deux jours après le coup de fil de Karen, une courte lettre d'elle est arrivée : "J'ai besoin d'un peu de calme, Gogo. Nous avons besoin d'un peu de calme. Peut-être juste le temps des grandes vacances. Et après on verra."

Ça ne ressemblait pas du tout à Karen. Et en même temps ça ressemblait à la fin. Comme avec Tiffany. Et le plus étrange, c'est que j'aurais bien aimé appeler Tiffany. Vraiment étrange – Karen disparaît quelque part dans le Sud de la France et la seule idée qui me vient à l'esprit, c'est d'appeler Tiff, parce que je crois qu'elle pourrait m'aider à retrouver Karen. Ou bien parce que je me sens vraiment abandonné, maintenant. Je ne sais pas. Après, j'ai pensé que je devrais peut-être appeler Benjy ou aller voir Gregory. Gregory et mon père ne se sont jamais perdus de vue très longtemps. Gregory doit donc sûrement connaître la mère de Karen et il sait peut-être où elle va en temps de crise. Mais c'était bien trop loin et dans la mauvaise direction – à l'opposé de la France. Et Tom a dit : "Ce que tu dis de cette lettre ne ressemble pas à Karen. Ça ressemble à quelqu'un qui n'a pas le choix. Karen n'écrirait jamais une lettre pareille."

Le soir qui a suivi, je me suis assis avec ma mère sur le balcon. Je faisais semblant de lire le journal, ma mère buvait un Campari en faisant semblant de lire son livre, et le journal entre les mains j'entendais cette phrase qui m'avait trotté dans la tête pendant toute la journée. La phrase que le moine dit au jeune homme qui voulait trouver Dieu. Le moine de l'histoire que Karen m'avait racontée tout au début, dans le métro, avant que les skinheads nous agressent. Après avoir maintenu le jeune homme sous l'eau jusqu'à ce qu'il manque d'air, le moine lui demanda :

"Qu'as-tu désiré le plus tandis que je te maintenais sous l'eau ?

— De l'air, dit le jeune homme.

— Bien, dit le moine. Retourne d'où tu viens, et reviens quand tu désireras Dieu autant que tu désirais l'air, il y a un instant."

Je faisais semblant de lire le journal sur le balcon et ma mère faisait semblant de lire son livre, mais au bout d'un moment il a été impossible de continuer à s'ignorer et je l'ai regardée juste au moment où elle me regardait.

Elle a posé son livre à côté d'elle et j'ai laissé le journal glisser à terre. "Ton père n'a pas tort en ce qui concerne l'après-rasage, a-t-elle dit. Ce serait une situation très embarrassante… Ce serait même un peu plus qu'embarrassant. Ce serait plutôt consternant. Ce serait complètement consternant. D'un autre côté, il y a Karen et toi, et, ça, personne n'a le droit de le réduire à néant. Tous les deux, vous pouvez peut-être détruire ça, mais, à part vous, personne n'en a le droit."

Elle m'a regardé un long moment. Et puis elle a dit :

"Je ne sais pas non plus comment on pourrait s'organiser avec cette histoire d'après-rasage et je ne sais pas ce qui va se passer. Vraiment pas. Il nous faudra peut-être inventer un nouveau genre de vie, qui peut le dire ? Mais il y a une chose que je sais : tu dois te mettre à sa recherche.

— Demain, ai-je dit.

— Oui, demain, a dit ma mère. Même si tout cela est terrible.

— Demain, ai-je répété et ma mère a répété :

— Tout cela est terrible. Tous les deux, vous n'êtes pas deux parallèles qui se rencontreraient dans l'infini. Non, vous vous êtes rencontrés *maintenant*. C'est vraiment terrible et c'est un miracle. Mais c'est surtout un miracle."

Elle n'a plus rien dit pendant un long moment, puis elle a repris : "C'est un miracle et c'est pour

cela que tu dois te mettre à sa recherche. C'est consternant, terrible, mais il n'y a pas d'autre solution."

Elle me regardait de ses grands yeux noirs.

"Tu dois te mettre à sa recherche, Gogo,
a-t-elle dit ensuite. On ne peut quand même pas
perdre tous nos enfants.

— Et quels enfants ! ai-je dit. Un dont on a
avorté, un autre qui a le sida et les deux derniers
qui s'amourachent l'un de l'autre.

— Oui, quels enfants !" a-t-elle dit. Elle souriait maintenant.

"Je pars demain, ai-je dit.

— Demain matin, a dit ma mère. Tu peux
prendre ma voiture. Et tu auras aussi un peu d'argent."

Je me suis levé et quand j'ai voulu entrer dans
l'appartement ma mère a dit : "Eh, attends ! – Il y
a des cartes routières sous l'étagère de livres dans
ma chambre. Dans les deux boîtes qui sont dessous." Elle souriait. Elle sait toujours ce dont on a
besoin.

La nuit qui a précédé mon départ (c'était hier !
Je ne suis parti qu'aujourd'hui !), je n'ai pas réussi
à dormir parce que je pensais à un tas de choses. Je
pensais à mon père quand il était à l'hôpital, il y a
dix-huit, dix-neuf ans, et qu'il observait tout le temps
ce tableau de Van Gogh, quand il pensait peut-être
ne pas survivre et que, peu à peu, il est devenu
clair que je m'appellerais Vincent si j'étais un garçon.

Je pensais à des choses assez dingues. Je veux dire, des choses qui ne sont même pas possibles. Je m'imaginais qu'en réalité Karen était cet enfant mort à cause d'un avortement, dans les années 1960. Il m'est difficile d'expliquer pourquoi j'imaginais cela, mais je me rappelle ce qu'a dit mon père un jour, quand des enfants ont été tués pendant la guerre civile en Yougoslavie. Ils étaient en train de jouer au basket sur un terrain de sport ou dans la rue quand des snipers les ont pris pour cible. Je ne sais plus si *tous* les enfants sont morts mais je me souviens encore de ce que mon père a dit. "Quand on meurt comme ça, on devrait avoir une seconde chance, a-t-il dit. Ça ne peut pas être déjà fini." Et maintenant, je me dis que Karen est cet enfant. Que cet enfant a tout simplement eu une seconde chance, et, évidemment, il fallait qu'elle me rencontre, *moi*. En fait, c'est très logique. Il *fallait* que cela arrive dans notre famille.

Ce serait vraiment horrible si Karen était tombée sur un pot de colle débile tel que Christopher. Mais cela ne pourrait jamais arriver. Karen ne traînerait jamais avec quelqu'un comme Christopher. D'un autre côté, il y a beaucoup de filles vraiment très sympas qui sont avec de véritables singes.

J'étais allongé sur mon lit et je pensais à Karen, à sa mère, à ma mère, à moi et au fait que nous avions grandi presque en même temps dans le ventre de nos mères, alors que ni mes parents, ni sûrement la mère de Karen, ne pensaient pouvoir avoir un autre enfant. Nous sommes arrivés parce que nous devions arriver. C'est bien la vérité, ma mère a entièrement raison – Karen et moi, nous ne sommes pas des parallèles, nous ne sommes pas des lignes droites qui ne se rencontrent nulle part dans le monde fini. Nous sommes des enfants tordus, il *fallait* tout simplement que notre rencontre ait lieu. Nous nous cherchions avant que de nous être vus.

Dans la nuit, vers deux heures, j'ai dû aller pisser et quand je suis revenu des toilettes Lula, notre chatte, était là et miaulait. Elle fait toujours ça quand je vais aux toilettes la nuit : elle attend et réclame pour qu'on la prenne dans les bras.

Comme toujours, je l'ai prise contre moi et j'ai traversé le couloir avec elle pour aller dans la chambre de Benjy. Cela n'avait rien d'exceptionnel. Je fais toujours cela. La porte de la chambre de Benjy est toujours ouverte la nuit, j'y vais toujours avec Lula dans les bras et, par la fenêtre, je regarde la rue en bas. Il y a quelqu'un qui, chaque nuit, ouvre la porte de la chambre de Benjy. Je ne sais pas qui c'est. Mais bon, il n'y a pas mille possibilités. Pendant qu'on regarde par la fenêtre, Lula ronronne comme une escadre de nombreux petits avions. Elle a fait la même chose hier soir. Peut-être pour la dernière fois avant longtemps.

Dans la même nuit, la nuit d'hier, avant ça, je suis retourné dans le séjour et j'ai pris la bible familiale sur l'étagère. Je me suis assis sur le canapé et j'ai lu un peu ce que les gens de notre famille y

avaient écrit… mon père… mes grands-parents…
les autres gens… ma mère… Rosalen. Ou plutôt
mon père pour Rosalen. Et puis ensuite, j'ai vu qu'à
un endroit où l'on pouvait à peine le voir Rosalen
avait aussi écrit quelque chose, Rosalen, qui avait
toujours été chez nous, toujours seule, avait écrit :
Je suis mon propre maître. Elle avait écrit ces mots
de son écriture tremblée, évidemment en haut allemand, mais je les ai entendus en bavarois quand je
les ai lus, avec sa voix et son accent. Et le 2 décembre 1886, quelqu'un a écrit : *Le* Te Deum *à l'église,
à la fin de la procession de la Fête-Dieu, le bruit
des enfants dans le jardin quand ils reviennent à la
maison, en été la pluie, la nuit, par la fenêtre ouverte,
quand je dors à moitié, et – quand il ne pleut pas –
le chant des grillons : voilà les choses que j'aime.*
Quand j'étais petit, cela me paraissait déjà étrange
que quelqu'un écrive en décembre des choses qui
sont en fait liées à l'été, et c'est peut-être pour
cette raison que je connais ce passage par cœur. Et
pour ses trente ans, ma mère a écrit dans notre
bible : *A sa naissance, sa mère dit : "Encore une qui
dira un jour qu'elle aurait préféré naître homme."
Mais pour cela on verra. On en reparlera dans
trente ans.*

J'étais assis dans le séjour, au beau milieu de la
nuit, et alors je me suis levé, je suis allé chercher
un stylo dans ma chambre, j'ai pris la bible et j'y
ai inscrit pour Benjy, pour Karen, pour ma mère et
pour moi : *I carry your heart (I carry it in my
heart).* Et, en dessous, mon nom et la date. Voilà,

je suis le premier à avoir inscrit quelque chose dans la bible familiale avant d'avoir trente ans. Mais, après moi, il n'y aura sans doute plus personne.

Au moment de partir, hier, j'ai garé la voiture de ma mère devant la porte et chargé mes affaires. Ensuite, j'ai dit au revoir à notre chatte Lula et à ma mère. Ma mère ne voulait pas descendre avec moi. Une fois en bas, je me suis installé dans la voiture et j'ai ouvert le toit ouvrant. Ma mère regardait depuis la fenêtre de sa chambre et, de la main, elle m'a fait signe d'attendre. Sa tête a disparu de la fenêtre, puis reparu au bout de deux minutes. Ma mère tenait dans la main mon pull-over. Le pull-over d'été multicolore qu'elle m'a tricoté avant que je parte aux Etats-Unis. Elle me l'a lancé et il a atterri à peu près à cinq mètres de la voiture, si bien que je suis descendu pour aller le ramasser. C'est l'une des choses que ma mère ne sait absolument pas faire : viser. Elle sait vraiment faire beaucoup de choses, mais elle ne sait tout simplement pas viser. Elle est plutôt sportive, mais lorsqu'elle lance une pierre dans l'eau on n'est jamais sûr de l'éviter, même quand on se trouve derrière elle. Quand j'ai levé les yeux vers elle, elle a haussé les épaules et je lui ai fait un grand sourire. Et puis je suis remonté dans la voiture et je suis parti. J'ai passé le bras droit par l'ouverture du toit et agité la main jusqu'à ce que je tourne au coin de la rue et que je ne puisse plus voir ma mère.

Quand ma mère a lancé le pull-over, j'ai entendu la phrase qu'elle avait prononcée en m'attachant le pull sur les épaules pour la première fois : "Mon fils, mon chéri, mon beau." Non, je crois qu'en fait je n'ai pas entendu cette phrase quand elle a lancé le pull. Je crois que je ne l'ai entendue qu'une fois dans la voiture, sur la route qui me menait vers la France. Sur l'autoroute, je voyais sans arrêt le pull-over qui tombait et, en même temps, j'entendais cette phrase. Dans ma tête, le pull-over est resté dans les airs aussi longtemps que dure cette phrase. Pourtant, ma mère ne m'a dit ces mots qu'une seule et unique fois dans ma vie. Cette fois-ci, elle a dit autre chose à la fin : "Tu reviens, Gogo. Tu entends ? Il faut que tu partes à sa recherche. Il n'y a pas d'autre solution. Mais tu reviens, tu entends ?"

Il faut que j'arrête d'écrire, maintenant : ils vont fermer le restaurant. C'est du moins ce que j'ai compris de ce que le serveur m'a dit à l'instant. C'est quand même dingue que je sois obligé de chercher Karen justement dans le pays dont je ne supporte pas la langue. Demain, je serai sûrement à Aix-en-Provence. Alors il faudra procéder de manière systématique. J'irai sur les marchés et dans les bons restaurants d'Aix-en-Provence et des villages alentour, parce que je sais que la mère de Karen apprécie les bons repas. Je ne pourrai pas m'offrir des restaurants pareils, mais j'entrerai en faisant comme si je cherchais quelqu'un avec qui j'ai rendez-vous. Au bout de quelques jours, je serai sûrement très connu, là-bas en bas, et les gens, surtout les serveurs, auront pitié de moi parce que les amis avec qui j'ai rendez-vous me laissent chaque fois en plan.

Oui, c'est ce que je vais faire. C'est comme ça que je commencerai. Je vais sûrement très vite devenir célèbre à Aix-en-Provence et dans la région. Et tout le monde aura pitié de moi et m'appréciera, et tout le monde m'aidera à chercher, même si je ne parle pas très bien français. Oui, c'est ce que je vais faire et, bien sûr, je ferai aussi tous les glaciers, si du moins ils en ont là-bas. Je vais sans doute très vite devenir une sorte de spécialiste des glaciers de Provence.

APRÈS CE LIVRE

Au printemps 1997, alors que j'écrivais ce livre, l'un de mes amis s'est donné la mort, et c'est pourquoi ce livre lui est dédié. A vrai dire, ce n'était pas encore son tour et j'aurais voulu lui dédier un livre qu'il puisse lire. Mais la vie n'avait pour lui plus de sens. Il ne voulait plus lire. Apparemment, nous pouvons vivre assez longtemps avec l'idée que le monde n'a aucun sens, mais nous ne pouvons supporter très longtemps que notre vie n'en ait plus.

Il était l'une des deux personnes avec qui j'avais discuté de quelques passages de ce livre. C'est une chose que je ne fais jamais d'habitude. Je me souviens qu'un soir il a dit : "Si par hasard la petite fille au tigre lit un jour ce livre, ce sera vraiment étrange pour elle. Je crois qu'elle sera très heureuse."

Je pense que mon ami a toujours été convaincu que je n'écrivais que sur des petites filles qui existent vraiment. Il n'y a d'ailleurs pas vraiment de raison d'en douter et si, par hasard, la petite fille au tigre lit un jour ce livre, alors j'espère qu'elle en sera vraiment heureuse. Parfois, quand elles se trouvent au bon endroit au bon moment, les petites filles peuvent sauver la vie à de parfaits inconnus, et c'est bien là une raison d'être heureux.

ENCORE APRÈS CE LIVRE

Quand un homme tel que celui à qui est dédié ce livre meurt, c'est comme si la moitié du monde s'était effondrée. Bien sûr, les gens qui sont encore là sont plus, bien plus que la moitié du monde et, pourtant, la moitié du monde s'est effondrée. Il me manque chaque jour.

Ce fut très agréable d'être la voix de Gogo Berlinger et c'est pourquoi ce livre se termine sur un poème de quelqu'un dont je fus aussi un jour la voix :

CURRY D'ABALONES

*Chaque année pour Noël, je dîne chez Michael
et il fait toujours du curry d'abalones. Il faut
du temps – c'est tellement bon –, et l'après-midi
s'écoule paisiblement dans sa cuisine, à mi-chemin
entre l'Inde et Atlantis.*

TRADUCTION DES PASSAGES
EN ANGLAIS*

Page 9 :
Yonder comes a truck from the US Mail
People are writing letters back home
Tomorrow you'll probably want me back
But I still will be just as gone.

Is Anybody Going to San Antone
(Or Phoenix, Arizona) ?

Au loin s'avance un camion de la poste
Les gens envoient des lettres chez eux
Demain, tu voudras peut-être que je revienne
Mais ce sera toujours comme si je venais de partir.

Est-ce que quelqu'un va à San Antone
(Ou à Phoenix, Arizona) ?

* Traduits par Matthias Mackrodt et Isabelle Liber.

Page 42-43 :
Well you tell those girls that you've got German measles
Honey, tell 'em you've got germs

Et si tu disais à ces filles que tu as la rubéole
Chéri, dis-leur que tu as des microbes

You lay down your sneaking around town, honey
And I'll lay down the highway.

Renonce à ta ville tentaculaire, chéri
Et je renoncerai à l'autoroute.

Pages 67, 71 et 199 :
I carry your heart (I carry it in my heart)

Je porte ton cœur en moi (je le porte dans mon cœur)

Page 82 :
Misguided Angel – love you till I'm dead

Ange fourvoyé – je t'aimerai jusqu'à ma mort

Page 92 :
She's cool in the summer
And warm in the fall
She's a four-season mama
And that ain't all

Elle est en été la fraîcheur
Et en automne la chaleur
C'est une mère pour tous les temps
Et bien plus au demeurant

Page 124 :
Singing waka, reciting poems, playing ball
together in the fields –
Two people, one heart.

Nous chantons des wakas, récitons des poèmes et jouons
au ballon,
Ensemble dans les champs –
Deux êtres, un cœur.

Pages 150-151 :
Rain dripping off the brim of my hat
It sure is cold today
Here I am walking down 66
Wish she hadn't done me that way

La pluie tombe goutte à goutte du rebord de mon
chapeau
Il fait vraiment froid, aujourd'hui
Me voilà sur la route 66
Elle n'aurait pas dû me faire ça

Sleeping under a table in a roadside park
A man could wake up dead

But it sure seems warmer than it did
Sleeping in your king-size bed

A dormir sous une table dans un parc au bord de la
route
Un homme pourrait se réveiller mort
Mais il s'y sent en tout cas plus au chaud
Que dans ton lit *king-size*

Sleeping under a table in a roadside park
A girl could wake up dead...

A dormir sous une table dans un parc au bord de la
route
Une femme pourrait se réveiller morte...

Wind whipping down the neck of my shirt
Like I ain't got nothing on...

Le vent s'engouffre par le col de mon tee-shirt
Comme si je ne portais rien...

L'AUTEUR

Né en 1946, Günter Ohnemus vit à Munich. Traducteur, il est aussi l'auteur de quatre romans dont *La Cliente russe* traduit chez Actes Sud (2002) et de trois recueils de nouvelles. *Je suis le tigre sur tes épaules* lui a valu le surnom de "Salinger allemand", en référence au célèbre *Attrape-Cœur* de Jerome D. Salinger. Bestseller dans plusieurs pays, ce roman est devenu un livre-culte.

Des romans contemporains
pour une nouvelle génération de lecteurs.

COÉDITION ACTES SUD – LEMÉAC

Ouvrage réalisé
par l'Atelier graphique Actes Sud.
Achevé d'imprimer
en avril 2006
par Normandie Roto Impression s.a.s.
à Lonrai (Orne)
sur papier fabriqué à partir de bois provenant
de forêts gérées durablement (www.fsc.org)
pour le compte
d'ACTES SUD
Le Méjan
Place Nina-Berberova
13200 Arles.

Dépôt légal
1re édition : mai 2006
N° d'impression : 06-0917
(Imprimé en France)